講談社文庫

呉越春秋

湖底の城　九

宮城谷昌光

講談社

目次

外交の妙 9
人質の交替 32
謎の商人 54
会見の地 77
危難の秋 99
西施の命運 121
仙女の飛翔 144

邗溝　166
属鏤の剣　187
出撃の時　209
呉越の決戦　231
湖上の影　253
あとがき　283
解説　湯川　豊　288

呉越春秋　湖底の城　第九巻

外交の妙

楚からもどってからの范蠡は、民情を視察することに徹した。

国内の邑や聚落だけでなく、山川も知りたくなり、数人の従者とともに歩いた。

そういうことを一年半ほどつづけたあと、ときどき計然の教室へゆき、聴講するようになった。

范蠡は計然の弟子のなかで出色といえるが、教室のなかでは特別あつかいをされるわけではない。師は師、弟子は弟子である。

講義を終えると計然は范蠡を奥へ招きいれた。

「そなたは国政をになっている。国を治める基本の方法はなんであろうか」

と、計然は范蠡に問うた。

「国民の衣食を不足させぬこと、国家の倉廩を満たすこと、このふたつでしょうか」

「それは目標であって、基本ではない。百里先あるいは千里先にある物を獲(と)るためには、歩くのか、馬車に乗るのか、船に乗るのか、それらが基本の方法である」

「はい……」

「目的地に到るために、まず知っておかねばならぬのは、天理と地理だ。大雨になることを予測せずに、船を用意しないででかけるのは、無謀というものだ。川が涸(か)れ、馬が斃(たお)れるほどの大旱(たいかん)であれば、歩くしかない。その歳がどのような天候になりやすいか、あらかじめ知っている者と知らない者との差は大きい。地理についても、同様の予備知識が要(い)る。目的地への大小の道を丁寧(ていねい)に調べ、地図を作っておく。近道がかならずしも近道にならず、迂路(うろ)がかならずしも迂路にならぬことくらい、たれにもわかっているが、間道をふくめたさまざまな道をあらかじめ調べておく者は寡(すく)ない」

計然の思想を一言でいえば、

「備えを修(おさ)め、物を知れ」

と、なる。目的を設定したら、そのための予備知識をたくわえ、調査をつみかさね、その上に予測を立てる。それが、備えを修める、ということなのである。物を知る、とは、商業的知識における物品の価値と流通をいう。計然の政治理念の底辺にあるのは、経済政策であり、その点、かれは斉(せい)の管仲(かんちゅう)の思想の継承者であるといえるであろう。生産する農民と売買する商人の両者が利益を得られる状態にするのが、経国の基本である、と計然は断定した。

富国が成れば、おのずと強兵は成る。その逆には無理があり、その無理をあえておしすすめれば、国は傾いてしまう。

「平時に為さねばならぬことは山ほどあるはずだ」

と、計然は范蠡にいった。

「仰せの通りです」

古参の弟子のひとりである范蠡は、師の教義を充分に理解してきたつもりではあるが、年齢が異なり、立つ位置と坐る席が変われば、おなじ師のことばでもずいぶんちがってきこえる。

——学ぶということは、生涯学ぶということだ。

あるところまで学んで、これでよし、これでわかった、とすることは、おのれでおのれの発展を止めることであり、おのれの深奥をみきわめることなく、軽量の個を真の自身と勘ちがいをして生きることになる。

——師がいることは、ありがたいことだな。

范蠡にとって計然はいつまでたっても超えられない存在である。そういう存在を意識するかぎり、努力を怠ることを師への不敬と自覚し、師の巨きさを想えばおのれがどれほど富み、どれほど高い地位に昇っても、誇大妄想におちいることはない。

計然の教えでもっとも有名になったのは、

「旱にはすなわち舟を資し、水にはすなわち車を資するは、物の理なり」

というもので、計然の弟子だけでなく、門外の者でもそれをきいて、

「なるほど、そういうものか」

と、感心した。

旱は、いうまでもなく、ひどい日照りのことである。そういうあとにはかならず大雨がふるので、船を用意しておくべきである。また、大水になるとあとでかならず旱魃がくるので、車を用意しておくべきである。物の道理とはそういうものだ。

——敗戦国となった越には、大旱と大水がくりかえしやってきたようなものだ。いそがしく船をだし、車を走らせて、国民への手当をおこなったつもりではあるが、はたしてどれほどの国民を救済できたであろうか。つねに後手にまわったという意いの范蠡には、慙愧しかない。

——もう二年余が過ぎたのか……。

句践が呉の王宮へ移されてから二年以上が経ったということである。

会稽の朝廷へむかう范蠡の頭上には夏空がひろがっている。

この日、諸大夫を集めた大夫種は、正夫人の質素倹約ぶりを、感嘆をこめて語った。

句践が呉の王宮で奴隷のごとく酷使されていると知った正夫人は、王宮から華美な装飾をすべてとり去った。食膳は肉などがはいらぬ菲食で、そのまずしさを知ればおどろかぬ庶民はいないであろう。衣服からも色彩が消えた。公子と公女の衣服は、正夫人の機織りによって作られた。

「諸家におかれては、どうか正夫人をみならっていただきたい」

越国では上も下も、まだまだ我慢の生活をつづけてゆかねばならぬことを、大夫種はあらためて諸大夫に訴えた。

正夫人が率先して耐乏生活をおこなっているため、この国にはさほど不満の声が生じない。

——王さえお還りになったら……。

すべての国民の意いは、その一点で、一致している。正夫人は自身の厳しい生活態度によって国民の心情を制御している、とみることもできる。政策によって国民をなだめる以前の賢明さとはこれであろう。

「さて、呉の動静であるが、呉軍に動きがあった。それについては諸稽郢どのから説明がある」

と、大夫種は外務大臣というべき諸稽郢にまなざしをむけて、発言をうながした。

うなずいた諸稽郢はすこし膝を動かして、

「いま、呉が陳を攻めております」

と、簡潔に述べた。

大夫たちは、またか、とささやきあった。かつて呉軍が楚に侵入した際、陳は呉に協力せず、軍をださなかった。その非協力をとがめるため、呉王夫差は先年陳を攻めたが、今年また陳の攻伐を敢行した。

呉に従わなかった陳の国情について、もうすこしくわしくいえば、こうである。

陳には君主の後継をめぐって内紛があった。その内紛に乗じて、楚の霊王は陳を滅ぼしてしまった。すなわち陳という国は滅亡したのである。

ところが、霊王の弟の平王は王座を狙い、兄を自殺に追い込み、即位すると、おのれの奸猾さをかくして、国の内外に好印象を与えるために、陳の君主の孫をさがしだして陳君の位に即けた。温情をみせびらかすために陳国を再建したのである。そのときの陳君を、

「恵公」

という。理由はどうあれ、恵公が平王に恩義を感じたことはいうまでもない。

恵公の在位は長くつづき、かれが病牀に臥せたとき、呉軍が楚都の郢を陥落させた。呉王の使者がきて、

「呉王の府に来朝なさり、賀を献じますように」

と、なかば脅迫された。楚が消滅したかぎり、陳は呉の盟下にはいるべきだと強要されたと想ってよい。しかし恵公は起てず、ついに病歿した。あとを継いだ子の懐公は、

「さて、どうしたものか」

と、思い悩み、後難におびえるかたちで、

「ゆかねば呉王を怒らせるであろう」

と、いい、出発の準備にはいった。それをみた大夫のひとりは、諫止の言を揚げた。

「呉は楚を制圧したばかりです。楚王はゆくえをくらましてはいますが、亡くなったとはきこえてきません。陳は楚とのつながりがあり、それを断ち切って、呉に属くべきではありません」

正言である。

呉王のもとにあわてて趨ったあと、楚が再興されれば、そのときは楚に咎められる。すなわち呉王のもとへ行っても行かなくても、後難が生ずる。嘆息した懐公に、

「疾をもって呉に謝するのがよろしい」

と、大夫は一案を呈した。呉王のもとへ行きたくても病気なので行けない、とことわればよい。

「なるほど、そうしよう」

懐公は遁辞をかまえた。

――陳君は、われをあざむこうとするか。

大いに不快をおぼえた闔廬は、楚から引き揚げてからも、その件にこだわり、四年後に陳へ使者を遣り、

「疾は癒えたであろうから、呉に来朝すべし」

と、懐公をやんわり恫喝した。来朝しないのなら、陳を攻める、という闔廬の意向が言外にある。

ふるえあがった懐公は、重臣に諮るまもなく、呉へ急行した。

「いまごろくるのなら、あのときくればよかったのだ」

闔廬はこせこせと策を弄する者を嫌悪する心の癖をもっており、あわててやってきた懐公を都下にとどめたまま、帰国をゆるさなかった。傷心の懐公はその年に客死した。国もとの重臣はそれを知り、懐公の子の閔（湣）公を君主の席に即けた。そのありようは、

――陳は呉に従わない。

と、表明したようなものであった。

闔廬のあとを継いだ夫差は、怨みの清算にとりかかり、まず越を攻めて全土を制圧し、おのれの足もとに句践を屈膝させた。越から引き揚げた夫差は、つぎの狙いを陳にしぼり、軍を北上させた。陳国に侵入した呉軍は三邑を取って帰国した。陳を全面降伏させたい夫差はふたたび出師をおこない、陳を攻めたというわけである。

「呉はずいぶん陳にこだわるのですな」

ひとりの大夫が諸稽郢に問いをむけた。かつて陳は呉に害を与えたわけではなく、呉軍に協力しなかっただけで、それほど怨まれてはたまらない。

「呉王の深計まではそれがしにはわかりませんが、呉王には中原諸侯を盟下に置きたいという大望があり、中原進出のための足がかりを陳にしたいのではありますまいか」

諸稽郢はそう述べたが、

——たぶん、そうだ。

と、范蠡は心のなかでうなずいた。

さきに蔡をとりこんだ呉が、いままた陳をとりこめば、中原進出への道を拓いたことになる。

だが、疑問がある。

陳に頼られている楚は、陳を見殺しにしてしまうのであろうか。それでは大国の面目がまるつぶれである。

軍事に精通しはじめた皐如もおなじことを考えていたのであろう、

「陳をはさんで、呉軍と楚軍が対峙するのではありますまいか」

と、いった。

「呉軍が滞陣するようであったら、越としては、呉王を見舞う使者をだしたほうがよいのではないか」

この一大夫の発言は諸大夫を動揺させた。非協力者をあとでかならず咎める夫差のけわしい心情を越にむけさせない手を打っておくべきであろう。ただし、いまから使者が発つとなれば、手遅れの観がある。

「いや、早い晩いが問題ではなく、為すか為さざるかが肝要なのです。使者に輜重を属けて、すみやかに発たせるべきです」

この范蠡の発言を承けて、首席に坐っている大夫種が、

「傍観をきめこんでいたわれが迂闊であった。この件は、ながながと議論すべき対象ではない。明日にでも、二大夫に発ってもらう。その二大夫とは――」

と、いい、まなざしを范蠡と諸稽郢にむけた。ふたりは大夫のなかでも最上級の卿であり、呉王への使者ともなれば、下級の大夫では無礼になる。

「こころえました」

と、さきに一礼したのは諸稽郢である。かれは范蠡を誘って議場をあとにすると、

「陳までは、船をつかうのがよい。船の準備を終えてはいるが、輜重がととのわず、航運のための船人が足りぬ。輜重はわれがなんとかするが、船人の徴集は、あなたがやってくれ」

と、早口でいった。

こういうこともあろうかと諸稽郢は予想して下準備をなかば終えていた。諸稽郢の才覚でどれほど越は救われてきたか。かれに感謝の心をむけた范蠡は、

「承知した。船人はわれが集めましょう」

と、いって別れると、その足で妻の実家の宝楽家へ往き、さらに朱梅家へも往った。会稽に一家を建てた朱梅は、宝楽家と折り合いをつけて事業を拡大している。商才にたけている朱梅は、父の後援もあって、あつかう産物が多く、またたくまに御用商人に成り上がった。朱梅に追い抜かれたかたちの宝楽だが、朱梅をけなさず、

「かれが巨利を得ても、その巨利は越に落ちる。実際、わが家も朱氏とつきあうことで利益をうけている。商賈としての志の高さがちがうのだな。われはとてもかれに及ばぬ」

と、感心した。

緊急のことなので宝楽は船人を百人集めるのがせいいっぱいであるといったが、朱梅はこともなげに、

「五日くだされば、千人集めることができます」

と、豪語して范蠡をおどろかせ、かつ安心させた。実際は、五百人もいれば充分なので、宝楽から百人、朱梅から四百人をだしてもらい、出航にこぎつけた。

三隻のうち一隻は貨物船といってよく、そこに軍需物資が満載されている。

外海にでてから諸稽郢はその船をゆびさして、

「あれは、船ごと呉王に進呈する」

と、大胆な発想を披瀝した。

船は南風をうけて順調に北上して淮水にはいった。淮水沿岸の邑は呉の版図にあるので、寄港しやすい。

「呉王への献上品をはこぶ船である」

と、津の吏人に告げれば、粗略にあつかわれないどころか、こまやかに便宜をはかってくれた。水の補給も滞りがなかった。

——呉の威勢は想ったより巨きく、しかも熾んである。

というのが、范蠡の実感であった。

陳へゆくためには、淮水をしばらく遡上してから、沙汭において、支流の沙水にはいる。その地点よりすこしまえに鍾離がある。津にはいると、すぐに津の胥吏がやってきて、

「楚が陳を救援する軍をだしたようです」

と、范蠡と諸稽郢におしえた。

楚が陳を救援することは予想されていた。かつて楚は秦の力を借りて呉軍を撃退したが、単独で戦った場合、呉軍にほとんど勝っていない。呉軍の猛威を恐れつづけてきた楚王と卿が、このたびはよく決断し、勇気をだして救援軍を北上させた。その北

上の路に沙水はふくまれていないので、越の船はさほど用心することなく沙水にはいった。

「おや……」

ふりかえった范蠡は、鍾離の快速艇が追ってくるのに気づいた。

「停めよ――」

船人に漕ぐことをやめさせた范蠡は、いぶかしげに追走してきた船を待った。ほどなく近づいてきたその船から簡牘がとどけられた。鍾離の邑宰からの書翰である。

「呉軍は大冥に在り。潁水を往かれよ」

つまり呉軍は沙水のほとりから西の潁水のほとりへ移動した。その簡牘を諸稽郢にみせたところ、

「北上した楚軍が陳の西に布陣したため、呉王は陣を西南に移したのだ」

と、推断した。

要するに呉王は陳の攻撃を中断して、楚軍との戦いを主眼とした。

「あの呉王が楚軍を恐れて退却するはずがない。戦う気は満々であろうよ」

と、諸稽郢は笑いながらいった。

「われらは両軍の激闘のなかに飛び込むことになるのか……」

范蠡は天を仰ぎ、ついで水面をみつめた。水面には細波が立ち、秋の風がながれている。

「いや、それは避けよう。ゆっくりゆくにかぎる」

すぐさま諸稽郢は、船の反転を船人に指示し、急いではならぬ、と命じた。船は沙水をくだり、淮水にもどってから西進し、下蔡の津にはいった。下蔡が以前州来と呼ばれていたことはすでに述べた。蔡という小国の首都が、いまや下蔡である。

范蠡と諸稽郢はここで情報を蒐めた。

「楚王は城父にいるらしい」

と、諸稽郢はいい、首をかしげた。城父は陳のはるか西にある城で、陳を救助にきた楚軍の本営を設置する位置としては、不便である。

「諸将はもっと陳に近いところにいて、楚王を危険にさらさないようにしているのではあるまいか」

范蠡も楚王が陳から遠すぎるところにいることに不可解さをおぼえたが、そう考えてみれば、いちおう理は通る。

「いや……」

諸稽郢は首を横にふった。先鋒と主力軍が本営から離れすぎて戦うことなどありえない。

「われらには視えないなにかがある」

諸稽郢の独特の勘はあなどれない。わからないことをむりにわかろうとすると判断をあやまる。わからないことを、わからないままにしておくことも、ひとつの賢明さなのである。

越の船はゆっくり下蔡の津をでた。さらに西進して潁水にはいったとき、哨戒にあたっている呉軍の船にみとがめられた。

「呉王に貢献するために会稽からまいりました」

范蠡がそう告げると船長は喜び、配下の船をまわして、越の船を先導させた。

「ありがた迷惑とは、これよ」

と、諸稽郢は范蠡にささやいた。船の速度が上がったからである。

この小船団が大冥に近づいたとき、戦闘は終了していた。あとでわかったことであるが、楚軍は優勢であったにもかかわらず、急に退却した。劣勢のなかにいた夫差は、楚軍のふしぎな進退をはかりかねて、追撃を命ずることをやめ、引き揚げを決断した。ちょうどそこに范蠡と諸稽郢が到着した。

この日の夫差は機嫌が悪くはなく、

「いまごろ、のこのこやってきたのか」

とはいわず、

「ほう、よくきた」

と、笑貌さえみせた。すぐに王子姑曹に、

「越の可人とは、たれであったか」

と、問うた。可人というのは、とりえのある人物、ということである。

「わたしが観たところ、第一が范蠡、第二が大夫種、第三が諸稽郢です」

「そうか。すると、第一と第三がきたわけか」

そうほがらかにいったあと、すこし考えた夫差は、ふむ、ふむ、と二度ほどうなずき、それからふたりを引見した。

諸稽郢とちがって夫差に謁見するのがはじめてである范蠡は、おのれの感情の色が表にでないように用心した。

――正夫人を焚き殺そうとした王だ。

しかも西施を奪い、越王を廝徒におとしめて虐待している。情の温かさを感じない王である。こういう冷酷さを感じるがゆえに、陳の君臣も死にものぐるいで抵抗するのである。たとえば夫差が温かい南風を吹かすような王であれば、その風をうけた敵兵は矛戟を偃せて甲を脱ぐであろう。それらのことを想えば、范蠡の体内をながれる血が沸騰しそうであるが、あえてまなざしを落として、賀辞を献じ、越への恩情を謝することばを選んで述べた。

――こやつが越の第一の可人か。

范蠡を凝視していた夫差は、なにかをみきわめたのか、急に諸稽郢を視て、

「きいたぞ。船にわれへの貢献の物資を満載してきたとは、殊勝である。その船さえわれへの贈り物であるとは、まことか」

と、めずらしいほどことばをやわらげた。

「まことでございます。王がその一隻だけではなく、ほかの二隻もご所望であれば、それらすべてをここで献上し、われらは歩いて会稽へもどります」

あっ、と范蠡は驚嘆した。

――外交の妙手とは、こういうものか。

大いに感心した范蠡の耳に、

「豪気よ――」

と、手を拍って、するどくいった夫差の笑声がとどいた。

「そのほうらを歩いて帰らせたら、われの名折れとなる」

夫差は返礼の物を越の船に積み込ませた。かれも自身の豪気を越の使者にみせたかったのであろう。

呉軍は帰途についた。

一度の攻撃だけで引き返してしまった楚軍には謎があるとみた姑曹は、偵探の兵を放ったようだが、かれらが真相をつきとめて帰還するのは、早くても半月後である。

船団が淮水にでると、夫差は船上で小宴を催した。かれは遠征にでるときも、管弦楽団を構成する伶人と容姿の美しい舞妓を従える。諸稽郢とともにその小宴に招待された范蠡は、その饒富の場を観て、

――越はとても呉に及ばない。

と、実感した。文化程度がちがいすぎる。越は質実剛健の国で、芸術などはなんの役に立とうか、と軽視する目しかない。が、楚人として生まれた范蠡は、本質的に美にたいして鋭敏である。

天の蒼と水の碧とが接するところに音楽がながれ、そのながれのなかで美女たちが舞う。鳥と魚さえ集まってきそうなその夢幻的な光景に、批判を忘れて、陶然となった。

だが、諸稽郢の心の目はねむることがないらしい。かれは范蠡の耳もとで、

「この遠征には、大宰も、伍子胥も、きていない」

と、いった。大宰の伯嚭に呉都を留守させた夫差の配慮はわかるが、貴臣である伍子胥を呉都に残したのはなぜであろうか。

「呉王は伍子胥を煙たがっている、とわれはみているが……」

これが范蠡の見解である。

「民衆に尊敬されているのは、伍子胥であり、大宰ではない。その事実を観ようとしない呉王に、軟弱な側面が生じてしまう。陳の攻略も、伍子胥が先陣にいれば、楚軍がくるまえにかたづいていたかもしれない」

「なるほど――」

さきの夫椒の戦いでも、伍子胥の隊は疾風のごとき速さで越国に侵入し、句践の帰城をさまたげ、しかも句践をあと一歩で撃殺するところであった。将としての予断と実行力が格段にすぐれている。伍子胥はまだ六十歳になっていないはずである。老将と呼ぶには早すぎる。その智勇をそなえた将が夫差に遠ざけられている事実は、呉に敵対する国々にとってさいわいである。

――それは、越にとっても、さいわいとなろう。

范蠡はそう想いながらも、わずかに悲しさをおぼえた。その国にとってほんとうの忠臣が、なぜか不遇になる例は古代から多々ある。伍子胥のために悲しむ自分が、もしかすると、やがておなじ立場に追いやられるかもしれない。

――功が多い臣は、君主にうるさがられることになる。

それが歴史的真実であれば、范蠡はおのれの功を忘れることにした。

秋風にあと押しされるかたちで、船団はかなりの速度で東行し、ついで南下した。ちなみに夫差は江水と淮水をつなぐ水路を造らせているが、その完成はまだである。それは、その水路が完成するのは、この年からかぞえて三年後である。それは、

「邗溝」

と、呼ばれることになる。邗は朱方の対岸にある邑で、その近くを通って北へ伸びる運河である。呉の富力を天下に知らしめた工事である。

呉都である姑蘇まで夫差に従った范蠡と諸稽郢は、都内にはいらず、帰途につくつもりであったが、急遽やってきた夫差の使者に、

「王宮に上るように」

と、命じられたので、夫差に謁見することになった。

「いやな予感がする」

と、諸稽郢はつぶやいた。

拝礼するふたりのまえにあらわれた夫差は、いきなり、

「そのほうらは会稽に帰ってはならぬ」

と、いった。

人質の交替

帰国させぬ、という呉王夫差の声をきいた范蠡は、

——楚への秘密外交が露顕したのか。

と、内心、青ざめた。横にいる諸稽郢のひたいに汗が浮かんでいる。ここで誅殺されるかもしれないという恐怖に耐えている表情である。

突然、ふたりは夫差の笑声を浴びた。

「そのほうらは越君のかわりに都下にとどまってもらう」

「はっ——」

ふたりは同時に首をあげた。一瞬、夫差の意向を見失った。

「惶れながら……」

范蠡はまなざしを伯嚭にむけた。夫差の近くにはかならずこの大宰がいる。ゆるや

かにうなずいた伯嚭は、

「大王は越君の殊勝さに免じて帰国をお許しになった。かわりに、そのほうどもが呉都にとどまる。そういうことだ」

と、淡々といった。

「あっ――」

范蠡と諸稽郢の愁眉がひらいた。ついに越王句践が釈放される。

すかさず諸稽郢は、気持ちを立て直したように、

「われら愚蒙の臣は、大王の仰せに喜んで従います」

と、答え、范蠡とともにうやうやしく稽首した。

「ふふ、そのほうらは呉都を楽しむとよい」

含み笑いをした夫差は、わかりにくいことをいって、颯と退席した。

わずかに首をかしげた范蠡はまた問うように伯嚭を視た。呉の王宮につれてこられた句践が廝徒のごとく酷使されたとなれば、そのかわりとなるふたりも王宮にいれられて、奴隷にまじって働くことになるのではないか。とても呉都を楽しむ境遇になるとはおもわれない。それとも、それは夫差の冷ややかな諧謔であったのか。

すこし表情をゆるめた伯嚭は、

「おふたりは大王のお気先(きさき)にかなったということです。邸宅が賜与(しよ)されているので、下の者に先導させます。ただちにお起(た)ちあれ」

と、ことばつきも改めた。が、范蠡は腰をあげず、

「われらが君が釈(ゆる)されて、王宮をでるのは、いつになりましょうか。また、出発時に面会することは、許可されていますか。お教えをたまわりたい」

と、伯嚭に嘆願をこめて問うた。

短い鬚(あごひげ)をなでた伯嚭は、

「越君が宮門をでるのは、明朝です。面会に関して大王の禁戒(きんかい)はありませんので、かまわぬでしょう」

と、いった。

――それなら……。

と、おもったことは、范蠡と諸稽郢はおなじで、ふたりは与えられた邸宅に落ち着くまもなく、人を走らせ、句践を迎える馬車を用意させた。津(みなと)に停泊している船のなかも模様替えさせた。句践が帰国する際の乗り物はその船となる。夜明けまえには、数十人の吏卒(りそつ)と兵士が門外に整列した。

暗い宮門のあたりに、わずかに涼風(りょうふう)がながれている。

句践を待つすべての者が無言であった。

やがて、宮門をおおっていた暗さが剝がれた。同時に、遠い鶏鳴がきこえた。

「おう――」

門がひらいた。ひとり、平装の男が立っている。それが句践であった。

范蠡と諸稽郢が宮門の外にひかえていることを句践は知らされているらしく、まっすぐに歩をすすめてふたりのまえまでくると、

「苦労をかけたな」

と、小さくいい、まず范蠡の手を烈しく執り、ついで諸稽郢の手を強くにぎった。范蠡と諸稽郢は感情の沸騰をおさえきれぬように肩をふるわせた。

「かならずなんじらを帰国させる。それまで辛抱してくれ」

「王よ――」

范蠡はいいたいことが多すぎて、かえってなにもいえなくなった。句践の辛酸にくらべてみれば、おのれの苦労などはとても苦いとはいえない。句践は呉王の汚物をも嘗めさせられた、といううわさがある。

とにかく、句践が釈放されて帰国の途につくとなれば、

――今日が、越国再建の第一歩となる。

という歴史的瞬間を、范蠡は意識して、句践の足をみつめた。その足は蹌踉としておらず、未来へ踏みだすたしかさと力強さをもっていた。

——王には、不安も迷いもない。

非凡な思想は、しいたげられた環境から生まれる。生涯、陽のあたらないところで働きつづける奴隷にまじって耐忍してきた句践のなかで、別の目が醒悟したのであろう。

「かならず、かならず——」

と、范蠡と諸稽郢に声をかけて、馬車に乗った句践は、ふりかえらずに去った。ふたりは起って、遠ざかってゆく馬車にむかって再拝した。

首をあげた諸稽郢は、

「王の目も、声も、深くなられた」

と、いった。目と声が深くなった、というのは、わかりにくい表現ではあるが、范蠡には理解できた。

——意望が大きく強くなった。

そういうことであろう。たやすくあらわれる意望など、たかがしれている。

しばらく佇念していたふたりに近づいてきた男がいる。かれは、昨日、邸宅を案内

した男で、

「子乾」

と、いい、伯嚭の右腕というべき上級官吏である。そのふたりについては、

――上もしたたか、下もしたたか。

というみかたを范蠡はしている。子乾の容姿は伯嚭ほど温雅ではないが、それでもやわらかさがあり、人の用心を解かせるほどの行儀のよさをもっている。そこがくせもので、人との接しかたの巧さは諸稽郢に似ており、もしかしたら、

――この男が、呉の諜報活動を主導しているのではないか。

と、范蠡は想いはじめた。とにかく、気をゆるしてよい相手ではない。

子乾は眉宇に微笑をただよわせ、

「みじかい間でも、越君に面会できてよかった。ご両所は、忠臣ですな。たった一日で、これほどの準備をなさった。大王は、ご両所のような臣が欲しいと仰せになっています。どうです、大王にお仕えしませんか」

と、冗談めかしていった。

「二君に仕えるのが忠臣であろうか」

すこし慍とした范蠡は皮肉をこめていった。

「おや、これは賢明な范大夫のおことばとはおもわれません。斉の管仲は、桓公に敵対していた公子に仕えて忠を尽くして捕らわれ、助命されてからは桓公に忠を捧げました。二君に仕えても忠臣であったではありませんか。わが大王は桓公にまさるともおとらぬ覇業を成し、天下の盟主になられます。范大夫の異能は、大王のもとでこそ発揮される。そのように想われます。越のような小国に帰ることをお考えにならず、呉にとどまることを、天下のために切望しております」

子乾は范蠡にむかって鄭重に頭をさげた。諸稽郢にたいしても同様の鄭重さを示した。

——こざかしい。

范蠡は子乾を嫌悪したくなったが、かれはふたりの世話係りであると同時に監視者でもある。こちらが反感をもてば、むこうも反感をいだくであろう。そうなると生活の様相を一変させられてしまう。伯嚭の耳目となって活動している子乾は、伯嚭の意向を変える力をもっている。

諸稽郢は感情の色をおもてにださず、問うた。

「姑蘇の外にでてはならないということは承知したが、家族や家臣を会稽から呼び寄せてもよいのであろうか」

「あっ、それは、いっこうに——」

さしつかえはない、と子乾は答えた。すでに邸宅には多数の婢僕がはいっている。しかしながら、かれらは子乾の息がかかった者たちなので、使いにくい、というのが諸稽郢の真情であろう。

——家臣の往来に制約はない。

このゆるさは、かえって気持ちが悪い。それでも身のまわりは自家の臣でかためておきたい意いは、諸稽郢のそれとおなじである。范蠡も自家に使いを遣ることにした。

半月後には、范蠡のもとに、なじみの顔がそろった。ただし、これで、

——手の内を、子乾に見透かされる。

と、おもったが、しかたがないと范蠡は肚をすえなおした。匋氏の兄弟と条信には、呉都のなかの間人には、けっして接触するな、と強くいいふくめた。范蠡と諸稽郢の家臣団も、子乾の監視下にあると想うべきであり、秘密裡の活動でも、あとを蹤けてくる目があると用心したほうがよい。

「主が楚へ密行したことは、子乾に知られていないのですな」

と、匋東が感慨深げにいった。よく朱角が喋らなかったものだ、と感心したのであ

る。おそらく朱角は商賈の中心を呉の外に移そうとしているのであろう。越で急成長した朱梅の昌富を親として喜んだ朱角は、范蠡に恩を感じているにちがいない。

「王が帰国なさったので、越は慶賀一色です」

と、方玄は述べた。

「ああ、そうであろう」

句践が帰国してすぐにはじめる親政のための下地を作ってきたつもりの范蠡は、一抹のさびしさをおぼえた。あれほど句践の帰国を冀っていたのに、国民の歓呼をきくことができない場に置かれたやるせなさはどうしようもない。

――それがわれの運命なのか。

まさか死ぬまで呉にとどめられることはあるまいが、ここでの生活は悾惚に明け暮れるだけであろう。たぶん、まったく充実感がない。

翌日、諸稽郢がせかせかとやってきた。

かれの邸宅は范蠡のそれに隣接しているので、たがいにおなじ位置に小門を設ければ、わざわざ外をまわらなくても往来することができる。かれは造られたばかりの小門を通ってくると、奥にあがりこみ、いきなり、

「楚王が城父で病歿していたことがわかった。楚軍があっさり退却したわけは、それ

よ」

と、隣室までとどくような声でいった。

諸稽郢の大胆さは、敵のふところに飛び込むところにある。すでに伯嚭に誼を通じ、王子姑曹と親交している。むこうも諸稽郢から越の情報を採取しているにちがいないが、おそらく諸稽郢は寡なく与えて多く取っている。

「楚王が亡くなっていた……」

城父に本営をすえた楚王がそこから動かなかったのは、病に罹って、動けなくなったというのが実情であった。楚王が陣歿したとなると、後継問題がこじれそうだとおもった范蠡は、

「嗣王は、どなたに――」

と、問うた。そこまで知っていそうな諸稽郢の顔である。

急に背を屈めた諸稽郢は、

「越に祥風が吹いた。越から楚王に嫁いだ越姫が産んだ子、すなわち子章どのが、嗣王になられた」

と、声を低くして答えた。

事実であった。ちなみに、城父で病歿した楚王は、歴史的には昭王とよばれ、その

子の子章は、恵王とよばれる。昭王の生年は正確に記録されているわけではないので、推理するしかない。昭王の生母である嬴氏が秦から楚王室にはいった年に昭王が生まれたとみるよりも、その翌年に生まれたとみたほうが自然であろう。そうなると、昭王は在位二十七年で、三十四歳で逝去したことになる。当然その子の恵王は、二十歳に達しておらず、十代のなかばで即位したと想えば、むりがない。もっといえば、恵王の在位は五十七年という驚異的な長さになるので、即位のときの年齢をさらにさげておくべきかもしれない。

それはさておき、楚の昭王はおのれの死を予感するや、令尹の子西を呼んで、

「王位を継ぐように」

と、命じた。かつて昭王の父の平王が亡くなった直後、令尹子常は、昭王が幼少であるという理由で、庶長子の子西を立てようとした。が、子西は、嫡嗣がいるのに、われを立てるのか、と激怒した。そういういきさつを知っている昭王は子西へ王位を贈りたかった。だが、どうしても子西がそれを承けないので、子西の弟の子期に命じ、こばまれると、その弟の子閭に命じた。子西と子期は、昭王にとって異腹の兄であるが、子閭は兄ではなく弟であるかもしれない。子閭は瀕死の昭王の心を安んずるために、

「お受けします」

と、答えた。が、もとより王位に即くつもりのない子閭は、昭王が亡くなるや、

「王命に従うのは順ではあるが、王の子を立てるのも順である」

と、いい、ふたりの兄と相談し、昭王の子のなかで評判のよい子章を招き、王に立ててから陣を払って帰途についたのである。

すると、昭王はこの年まで太子を決定していなかったことになる。それは、たれを嗣子とすべきか、などと迷ったわけではなく、最初から王位を子西へもどしたい、という意いがあったとみるべきであろう。

さて、子章の評判のよさは、生母である越姫の聡明さが高めたといってよい。なお越姫は通称であり、越王室の姓は姫（周王室の姓）ではなく、姒（夏王室の姓）であるので、

「越姒」

と、記されるのが正しい。しかしながら、ここでは通称を採っておく。また越姫は句践の息女であるという説がまかり通っているが、それはどうであろう。

句践が楚王室との交誼を親密にするために自分の女を昭王に嫁がせたとすれば、当然、越王に即位してからのことである。ところが、それから八年というのが、この年

であり、それなのにどうして越姫が十数歳の子をもてるのであろうか。

そう考えれば、まだ句践の父の允常が君主として在位中に、自分の女を楚王室にいれたとみるべきである。

ところで、越姫には、こういう美談がある。

昭王は野外に遊覧する際に、かならず蔡姫と越姫を陪従させた。雲夢沢を一望できる高地に登ったとき、広大な景観にうっとりし、ふたりの姫妾に、

「楽しいか」

と、問うた。

「楽しゅうございます」

さきに答えたのは蔡姫であった。満足げにうなずいた昭王は、

「生きているときも、死ぬときも、このようでありたいが、どうかな」

と、蔡姫の存念をたしかめるようにいった。

そなたはともに死んでくれるか、という切実さをひそめた問いである。

「もとより、生きてはともに楽しみ、死するには時をおなじくしたいと願っております」

と、蔡姫はかろやかにいった。

「さようか」

うれしげに史官のほうにまなざしをむけた昭王は、いまのことばを記しておくように、と命じた。楚王にかぎらず各国の君主は、遊覧の際にも、事務官を随従させる。

越姫の返答がなかったことをいぶかった昭王は、越姫を視て、楽しいであろう、といった。そなたは楽しくはないのか、と問うたと想ったほうがよい。

「楽しいことは楽しゅうございます。でも、楽しみをいつまでもつづけてゆくことは、よくないと存じます」

すこしおどろいた昭王は、

「そなたとは、ともに生き、ともに死することができぬのか」

と、語気を強めた。越姫はまっすぐに昭王をみつめた。

「王のご先祖である荘王は、三年間、淫楽したあと、改心なさって、ついに天下の覇者になられました。王はそういうご先祖をみならって、こういう楽しみを改めて、政務におはげみになるものとおもっておりました。ところがいま、遊覧先で、わたくしに殉死をおもとめになった。そのおもとめに応じて、わたくしがすぐに、できます、と答えるとお意いでしょうか。わたくしは祖国をでるとき、殉死のことはお約束しませんでした。分別の足りない君主の死に殉うことが栄誉である、とは、きいたことがありませぬ。わたくしは王のおいいつけに従いかねます」

かなり辛味の利いた言である。

だが、昭王はこの辛さに顔をしかめるような凡愚な人ではない。

——なるほど。

と、感心し、越姫の賢さを認めた。それでも、どちらかといえば、蔡姫のほうに寵愛をかたむけた。

それから歳月が経ち、陳を救援しなければならない年となった。

この年に、天空に異様さが生じた。

雲が赤い鳥の群れのように、日をはさんで飛んだ。一日だけではなく、三日もそのようであったので、体調不良となった昭王は、

「あれは、どういうことか」

と、史官に問うた。が、史官は答えに窮し、それがわかるのは、周王の大史だけでしょう、といった。そこで昭王は使者を遣って大史に問うた。

「わざわいが王の身にふりかかるということです。ただしお祓いをして、そのわざわいを令尹か司馬に移すことはできます」

これが大史の回答であった。

昭王はゆるやかに首を横にふった。

「わが腹心にある疾を、股肱に移して、なんの益があるというのか。そのようなことはせぬ」

それをきいた蔡姫は、柳眉をさかだて、

「令尹と司馬は王の治癒を禱って、その身をささげようとしています。かれらをおつかいになればよろしいではありませんか」

と、進言した。すると、蔡姫をおしのけるようにすすみでた越姫が、

「王の徳はなんと大きなことでしょう。昔日の遊覧は淫楽でした。それゆえ王のおいつけには従いませんでした。しかしいま王は、礼に立ち返り、官民のために死のうとなさっている。それなら、わたくしがさきに地下へ殂き、路をふさいでいる狐狸どもを駆っておきましょう」

と、いった。越姫の真剣さに大いにおどろいた昭王は、

「昔日の遊楽は、われの戯れにすぎぬ。そなたが死ねば、われの不徳を彰すことになるのだぞ」

と、叱るようにいった。が、越姫はひきさがらない。

「あの日、口にだしませんでしたが、殉死すると心に決めました。わたくしは王の義

に打たれて死ぬのであり、王の好色の犠牲となって死ぬのではありません」

越姫は敢然と自殺をとげた。

その後、昭王が病死しても、蔡姫は殉死しなかった。

そのあたりのこまかないきさつを、諸稽郢は知ったわけではないが、昭王の死と子章の即位がまちがいないことであることをつかんできた。

「すると、われが楚へ往ったことは、むだ骨でしたか」

と、范蠡は自嘲ぎみにいった。そうではないか。あらたに楚王として立った子章が、句践の姉の子であれば、句践の女は子章に嫁げないことになる。血縁関係としては、近すぎる。

鼻にしわを寄せた諸稽郢は、

「そうともいえぬ」

と、いい、目容に静まりをみせた。

「そうですか」

「ふむ、越姫とわれらが王とは、ご生母がちがう。婚姻に難色を示す大臣はおるまい。とにかく楚王の死を越につたえておかねばならない。これから子章は嗣王として喪に服する。親政をはじめるのは三年目だが、しばらくは子西と子期の寡頭政治がつづく。越の公女が楚王に嫁ぐのは四、五年あとということになろう」

むりのない予見といってよい。

「それはそれとして、帰国してからの王の暮らしぶりを知っているか」

「いえ――」

「みずから耕作をおこない、正夫人には機織りをさせ、食膳にはいちども肉をのせない、という質素さを徹底している」

「さようですか……」

それは范蠡にとって初耳ではあるが、さほどおどろかなかった。すでに正夫人が王宮から華飾を剝ぎとっている。そういういろどりのない王宮に句践は帰ってきて、正夫人の配慮と処置に感心したであろう。

「それはよいのだが、いやなうわさがながれてきている」

「ほう、それは――」

范蠡は小首をかしげた。

「嘗胆よ」

帰国してから句践は、なにかの胆をわきに置き、坐るときも臥るときも、その胆を嘗め、飲食するときも胆の苦さをあじわって、

「なんじは会稽の恥を忘れたか」

と、独語するという。

「まことですか」

范蠡は顔色を変えた。そのようなうわさが夫差の耳にとどけば、すぐに呉王の使者が越に急行し、句践を檻車に収めるであろう。すなわち、句践はうわさひとつで誅されてしまう。

「妄誕にきまっている。草間で創られた話よ。それでも、このうわさは危険だ。とにかく早急にこのうわさの源を塡塞するように、大夫種に頼んでおいた」

「さすがのすばやさです」

范蠡は胸をなでおろした。夫椒の戦いで大敗してから、句践は恥辱にまみれつづけた。越の国民はそれを感情の目でみて、くやしがり、いつか呉をやっつけてやる、という復讎心を育ててきた。その心が、嘗胆、という話を産んだのであろう。実際に句践は胆を嘗めているわけではあるまい。

話を終えた諸稽郢がかえると、范蠡はすぐに膳宰を呼び、

「帰国するまで、われは肉を断つ」

と、いった。会稽山と呉の王宮における句践のみじめさを想えば、食膳に肉をのせ

ないことなど、辛くも苦しくもない。

年末に家宰の臼がようすをみにきた。邸宅の大きさにおどろき、

「人質にこのような裕寛を与える呉王の意図はなんでしょうか」

と、しきりに首をかしげた。

「呉王はわれと諸稽郢どのを臣従させたいらしい」

「まさか――」

臼は哂った。越の国政にとって欠かすことのできない大臣をひきぬいて、句践を苦しめるというのが夫差の肚のうちであろう。実際、句践は大夫種に政治をまかせ、ほとんど聴政の席にあらわれない。大夫種は新政策をうちだせず、国民に質素倹約を説いているだけである。したがって政治が幽い。

「越王はおふたりが帰るのをお待ちになっているのです」

「ふむ、早く帰りたいものだ……」

句践はいま自身を韜晦している。危険な王である、と夫差にみとがめられないように、心をくだいている。明年になれば、句践はひそかに手を打ち、人質をひきとるにちがいない。范蠡はそう考えることにした。

ほどなく新年となった。

「いそいで帰ることもあるまい」

臼をひきとめた范蠡は、夫差に正月の賀を献ずるため、諸稽郢とともに王宮にあがった。夏に北伐がある、といううわさが宮中に飛び交っている。それをきかぬ態で、范蠡と諸稽郢は夫差に拝謁した。夫差は多忙のようで、ふたりに声をかけなかった。ふたりが退室すると、伯嚭に呼びとめられた。

「今月のなかばに、牙門という賈人が宴を催す。その席にあなたがたも招待したいそうだ。范大夫の家宰で臼という者を、かならず従者に加えてもらいたいという伝言があった。お忘れなく」

「はあ……」

范蠡の家臣の出入りが見張られているあかしである。それにしても、なぜ牙門は臼を名指したのか。牙門は悪徳商人とはいえないまでも、狡猾であることはまちがいない。そういう者の宴会に出席することに、范蠡は気がすすまなかった。

謎の商人

眉が太く大きく、髪が白いことを、

「龐眉皓髪」

という。酒のはいった大斗をもって客席をめぐっている賈人が、まさにその龐眉皓髪であった。

「あれが牙門ですな。老人にしては、身のこなしがしなやかだ」

と、臼が范蠡に冷ややかな声でささやいた。

午後の宴会である。

牙門はいまや呉随一の豪商である。それだけに邸第は巨きく、庭も広い。庭には疏水が引かれ、その水を出入させる大きな池がある。疏水のほとりに桃李がならび、池は柳でふちどられている。ただし桃と李にまだ花はなく、柳の緑もない。あるのは満開の梅の花で、池から少々はなれたところにある小さな梅林だけが華やぎをもっていた。どういうわけか、その梅林のなかに、范蠡と諸稽郢の席が設けられていた。ふたりはそれぞれ十人ほどの家臣を従えて牙門邸にはいったが、なんと伯嚭は百数十人の家臣を随従させてここにきた。ほかの卿大夫の顔はみあたらないので、いわばこの庭は大宰家の宴会場であった。それをみただけでも、伯嚭と牙門の癒着はあきらかである。

管弦の音が、微風に凭ってながれてきた。

梅林からは看えないが、庭の隅曲に竹林があり、そのまえで伶人たちが演奏しているらしい。伯嚭はその近くにいる。かれの容姿だけは、梅林から、みることができる。

やがて牙門が范蠡と諸稽郢の杯に酒を注ぎにきた。ふたりに一礼した牙門は、

「名高いおふたりをお招きできて、光栄でございます」

と、いい、含笑した。酒をうけつつ諸稽郢は、目をすこしあげて、

「牙門さん、あなたの出身は――」

と、訊いた。口をすぼめた牙門は、笑いを消して、

「井底、とでも、申しておきましょう」

と、答えた。井底は、いうまでもなく、井戸の底をいい、地名ではない。

「ほう、地下の水から生まれたのか。ふふ、その水は地上にあふれでることはない。汲みあげた者がいる。それが大宰どのか」

「さあ、どうでしょうか」

諸稽郢との問答をきらうようにまなざしを范蠡にむけた牙門は、

「今年の夏は、暑くなりそうです」

と、いいながら酒をすすめた。今年の夏は暑い、とは、気候のことではなく、呉軍が北伐をおこなうので戦火が立つ、と暗にいったのであろう。

牙門の顔をよくみると、眉は黒く、ひたいや口もとに皺がほとんどない。

――この者は、老人ではないのだ。

軽いおどろきをおぼえた范蠡は、ふと、もどかしさを感じた。牙門とは初対面であるにもかかわらず、どこかでみた顔だ、という意いが強くなってきたからである。しかし、どこで牙門に会ったのか、憶いだせない。

「では、ごゆっくり、お楽しみください」

あっさりと起って梅林をあとにした牙門の後ろ姿を凝視しつづけた范蠡は、臼も小首をかしげていることに気づいた。

「なんじは牙門を知っているのか」

「いえ、その……、どこかでみたような……」

臼も記憶をたどっているようである。

「わたしを名指して招いたということは、越に移り住んだころに会った人物でしょうか。あるいは、昔の取り引き相手かな。いや、牙門はみかけよりずっと若い。あなたさまとくらべて――」

「ふむ、われより、二、三歳上、とみた」

おそらく牙門は、四十一、二歳であろう。

臼が范蠡の父の下で諸国を飛びまわっていたのは二十七年まえより古く、そのころ十代のなかばに達したばかりの牙門が商売上の取り引き相手であったはずがない。

「伍子胥さまのお手伝いをしました。その際、どこかで会ったのでしょうか」

臼は伏し目がちに考えつづけている。

「伍子胥の配下に未成年がいたか」

「いました。伍子胥さまは楚の太子に従って鄭に亡命していたことがあり、その邸第に武器を搬入したとき、褒小羊という少年をみかけました。しかし、その少年が牙門では、けっしてありません」

そういいつつ、臼はせつなくなった。若いころ、魯鈍とみなされていた臼の未来を明るく予言してくれた唯一人が伍子胥なのである。伍子胥のはげましがなかったら、いまの臼はいない、といってよい。伍子胥は臼にとってかけがえのない恩人である。だが、その恩人はいま敵国の要人である。報恩は、しようがない。

膝をすすめてきた諸稽郢が、

「あの者は、楚人ではないか。中原の賈人がときどきのぞかせる軽佻さがない。楚人がもっているひたむきさを感じた。あの者は、大宰にへばりついてはいるが、悪人ではないかもしれぬ」

と、するどい観察を披露した。

「同感です」

范蠡は小さくうなずいた。諸稽郢の感想が正しいとしても、この宴席にわざわざ臼を招いた牙門の意図がわからないかぎり、胸中のわだかまりが解けない。

牙門は宴会が終わるまで、ふたたび梅林にこなかった。かわりに、牙門家の家宰とおもわれる、丁奉という者が、みずから果物を盛った盤をささげ、ほかに盦つきの器を范蠡の膝もとに置いた。

「これは——」

范蠡に問われた丁奉は、軽く頭をさげてから、

「あなたさまの好物をうかがっておりましたので、特別にご用意いたしました。どうか、音を立てずに、お召し上がりください」

と、奇妙なことをいった。

――牙門に自分の好物を告げたことなどない。

それに、音を立てずに食べる、とは、どういうことであろうか。范蠡は大いに不審をおぼえたものの、表情を変えず、奩をあけた。

「む……」

容器のなかにあったのは、肴核ではない。文字が書かれた牘があった。范蠡はすぐにさとった。音を立てずに食べる、ということは、声を立てずに読む、ということであろう。

文面はこうである。

「帰路、大宰さまと諸稽郢どのに、忘れ物があったとおことわりになり、臼どのとともに弊宅へおもどりください」

范蠡が目をあげると、丁奉は破顔して、

「やっ、これは、失礼いたしました。お口に適いませんでしたか。さっそく、別の物

をお持ちします」

と、あえて高い声でいい、その容器をかかえて立ち去った。早技といってよい。范蠡の近くに坐っていた臼でさえ、容器のなかをのぞきこむ間もなかった。

「どうなさった」

この臼の問いに、范蠡は苦笑しつつ、

「肉は食べぬ、といって、下げてもらった」

と、とっさに小さな話をつくった。臼に隠し立てをする必要はないものの、牙門の気のつかいかたが尋常ではないので、なにごともなかった顔のまま、宴の終わりを待った。

「大宰どのは、いちどもお起ちにならず、庭もごらんにならなかった」

腰をあげた臼がささやいた。

「あの人はこの庭を見飽きているのだろう。それに、われらとのかかわりを邪推されないように、距離をとっている」

范蠡はそうみた。

すでに伯嚭の家臣はざわざわと庭をあとにしはじめている。伯嚭の姿もみえなくなった。大宰家の主従がのこらず庭外へ去ったあと、范蠡と諸稽郢が歩きはじめた。諸

稽郢は酔っているようで、ときどき、

「嘔々……」

と、いっては、足をふらつかせた。

門のほとりに牙門、丁奉などがならび、ふたりをみると、

「充分なおもてなしもできず、恐縮しております。向後、ご愛顧をたまわりますように」

と、いいつつ頭をさげた。

門外に停まっている馬車をみた范蠡は、

「臼よ、御をたのむ」

と、いった。

「鲂必がいますが……」

「いや、なんじがよい――」

わけを語げずに范蠡は馬車に乗った。この馬車がしばらくすすんだところで、急に范蠡は軾をこぶしでたたき、忘れ物をした、といい、すぐに雀中を呼んだ。

「主人が忘れ物をしたので牙門邸へ引き返したと、大宰どのと諸稽郢どのに告げよ。それからなんじはほかの家臣を従えて、さきに帰っておれ」

「えっ、さようでしたら、それがしも、あとで牙門邸へまいります」

「いや、臼がいればよい」

雀中に有無をいわせぬ語気で命じた范蠡は、馬車のむきを変えさせた。ほどなくこの馬車は牙門邸の門内に吸い込まれるようにはいった。門のほとりに丁奉とふたりの門番が立っていて、范蠡の馬車を門内に導くと門を閉じるまえに、蹤けられていないか、確認した。すでに路上は夕暮れの色である。人馬の影はまったくなかった。

范蠡にむかって鄭重に一礼した丁奉は、

「お手数をおかけしました。お宥しください。さ、どうぞ、こちらへ――」

と、やわらかくいい、ふたりを奥へ奥へと案内した。

さすがにここまでくると、事情を知らなかった臼でも、

――主と牙門のあいだに、密契があったのだ。

と、察知し、すくなからぬおどろきをおぼえた。今夕にかぎって、舫必ではなく自分が御をおこなったことも、偶然ではない。それはわかるが、いつ范蠡と牙門が密接につながったのか、それがわからない。この臼の困惑をみすかしたように、

「牙門に会ったのは、今日が最初だ。われは牙門についてなにも知らない」

と、范蠡は微笑を哺んでいった。

——ますますおどろいた。

そう感じたものの、臼はもちまえの太い肝で、おもしろいことが起こりそうだ、と予感した。

やがて、庭に突き出た瀟洒な一室がみえた。その室へは、竹で編まれた小さな梁が架けられている。そのまえでたちどまった丁奉は、

「どうぞ、お渡りください」

と、揖の礼をしてふたりの入室をみとどけると、竹の梁をはずした。

室内でふたりを迎えたのは、当然、牙門であるが、すっかり粗衣に着替えていた。それは商家の下働きの者がつける衣服といってよかった。おもむろに着座した范蠡は、

「いろいろおどろかせてくれるが、今日の趣向の果ては、どこにあるのか」

と、まっすぐに問うた。

床にひたいをすりつけるほど低頭した牙門は、すこし首をあげて、

「わたしが牙門と称しているのは、仮名であり、まことの氏名は、阮春でございます。范大夫のご尊父にお仕えしていた阮冬の子です。お忘れでしょうか」

と、いい、さらに首をあげた。

「や、や、や……」

身をのりだしたのは臼である。その肩を軽くおさえた范蠡は、

「そういわれれば、そなたは阮春に似ていないこともない。阮春とは、何度か遊んだことがある。しかし、わが家が盗賊に襲われた際、阮冬はもとより、その妻子も殺されたときいた。死んだ者が、ここにいるはずがないではないか」

と、冷静にいった。

「いえ、殺されずにすんだのです」

あいかわらず牙門は席に着かず、范蠡をみあげる容でいる。

「ほう……」

じりじりと臼は膝をすすめた。

「わたしは丁南という家人に、井戸に投げ込まれました。丁南も井底におりてきたので、ふたりは水につかりながら、難をのがれました。頭上を猛火が通ってゆく恐ろしさは、いまだに忘れません」

「なるほど、それでそなたは井底の生まれであると申したのか」

宴のさなかに、牙門は諸稽郢に出身地を問われて、井底、と答えたが、あれは戯言ではなく、死にかけた自分を救ってくれたのは井戸である、という真意を語げたこと

になる。

「よく生きのびた……」

と、范蠡がいうと、牙門は唇をふるわせ、涙をながしはじめた。が、すぐに牙門は涙をぬぐって、諸肌を脱ぐと、くるりと膝をまわして、

「臼どの、この傷にみおぼえは――」

と、腕をうしろにまわして肩に近いところをたたいた。

「あっ、そうであった。あのときそなたは喬木から墜ちた。あのときの傷がそれか」

臼は両こぶしで両膝を二、三度たたいた。

范蠡はその小事故を知らない。阮冬の家族に開と臼がくわわって郊外の森林に遊びに行ったとき、阮春が高い木に登り、枝を折って落下した。その際、臼はとっさにおのれの衣を裂いて阮春の肩に巻き、止血をおこなった。

ここまでくると、この大賈が阮春であることは疑いようがない。しかしながら范家を襲った盗賊団が去り、井戸から這いでた阮春と丁南が、どこをどう歩けば、ここに到るというのであろうか。

「われらは焼失した范家をあとにして、丁南の兄の家に移りました」

丁南の兄の家は、宛の南の巣という邑にあって、どこからみても貧家であった。た

だし子は多く、八人が男子で、そのなかの六人が成人になっていた。その家に落ち着いた丁南は、急に憶いだしたことがある、といって兄の子を借り、ありったけの推車と輓車をださせた。かれらが帰ってきたのは、翌々日で、車には財幣が満載されていた。

「これらは、あなたさまの父上がひそかにお蓄えになっていた物です。兄にやっかいをかけていますので、これらの三分の一を兄に供することをおゆるしください」

阮春にそういった丁南は、数日間、兄と語りあってから、

「弟が呉にいますので、楚をでて、呉に移り住みましょう」

と、阮春を起たせた。

いちどに多くの財幣を運ぶと、盗賊などに目をつけられるので、その十分の一をさらに小分けにして兄の子が背負ってゆくことにした。兄の子のうち、上のふたりは実家に残り、あとの六人が呉へゆくことになったが、末子の丁奉が十代のなかばなので、ほぼおなじ年齢の阮春の話し相手となった。

巣の邑をあとにした八人は淮水にでて呉へむかうことにしたが、船に乗って息の津にはいったとき、阮春が罹病した。その治療とひと月以上の滞在のために、背負ってきた財幣の三分の一が失われた。

「引き返して、財を補塡しようか」

と、丁南が迷ったとき、若い丁奉が、

「呉の朱方までゆける船は明日しかありません。つぎの朱方ゆきは、ひと月後です。財を失うより、時を失うほうが、損害は大きいのではありませんか」

と、強くいったので、丁南はおどろき、

――この子は、みどころがある。

と、感心し、自分の養子にしたいとこのときおもった。あとでふりかえれば、丁奉の意見が幸運に遭遇する推進力となった。というのは、船が州来（のちの下蔡）に着いたとき、伯嚭が族人を率いて乗り込んできたからである。この亡命貴族は阮春と丁奉に声をかけ、ともに呉へゆくとわかると、このふたりの少年を昵近させた。

親切心をみせてくれた伯嚭とは、呉都の門のほとりで別れた。それから阮春と丁南は、丁南の弟さがしをはじめたが、数日を経ても、手がかりさえ得られなかった。呉にはいくつか邑があるが、それらをすべてめぐるわけにはいかない。延陵へゆき、武原もいったが、丁という氏の家をみつけることができなかったかれらは、呉都にもどって途方に暮れた。すると丁奉が、

「伯嚭さまに、おすがりしたらどうですか」

と、いった。

――なるほど……。

楚の亡命貴族である伯嚭は、すぐに呉王闔廬（こうりょ）にうけいれられて、優遇されたときこえてきた。うなずいた丁南は運んできた財幣の半分をたずさえ、伯嚭邸の門をたたいた。

半月後に、都内の廃屋（はいおく）が下げ渡され、二か月後には建て直しが完了した。

――ここから商賈（しょうこ）の一歩が踏みだせる。

と、喜んだ丁南は、兄のもとに残してきた財幣をうけとるために、三人を遣（や）った。だが、復（かえ）ってきた三人が持ちかえった財幣はわずかであった。なんと丁南の兄は病死し、あとを継（つ）いだ長男のもとにある多くの財幣を盗んだ次男は、ゆくえをくらませたという。

「そうか……。やはり、そうなるのか」

と、つぶやいた丁南は、阮春に事情を語げて、

「財は、おのれが築き上げてこそ、まことの財となり、不動となるのです」

と、説（と）いた。資本はわずかではあるが、全員が力を合わせれば、商販の道を拡充（かくじゅう）させることができる、と丁奉の兄たちにいいきかせた丁南は、身を粉（こ）にして働いた。こ

の家は、伯嚭が朝廷で重きをなすにつれて大きくなり、闔廬の後嗣となった夫差が親政をおこなうころには、呉の大賈である朱家や彭家に比肩できる財産を築き上げた。ただし丁南は、巣邑を発つときから、なぜか阮春にまことの氏名を伏せさせ、牙門と称させた。

この牙門家の支柱となった丁南が亡くなったのが、昨年であった、と阮春はいい、さらに、

「臨終の丁南は、わたしにおどろくべきことを告げたのです」

と、阮春は范蠡の目を視ながらいった。かれの深刻さがにわかに范蠡の胸に滲みてきた。

「さきに丁南は、わが父がひそかにたくわえていた財幣を運んできた、とわたしに話しましたが、あれは妄で、ほんとうは范氏が万一にそなえて財産の五分の一をわが父にあずけて邸外に秘蔵させていたものなのです」

「そうか――」

手を拍ったのは臼である。范蠡も、

――父は用心深い人だ。

と、わかっているので、それくらいのことはやったにちがいない、と納得した。

「もうおわかりでしょう、丁南とわたしは、范氏の遺産を盗んだのです。丁南はそれを指摘する者が現われることを恐れて、わたしに牙門という名をかぶせたのです。盗窃を基として築いた財は、どこまでふくらんでも、けがれたものです。仰天したのは、それだけではありません。越王の重臣である范大夫が、なんとあの范氏の子であったとは——。瀕死の丁南に教えられて、わたしは愕然としました。わたしはあまりにも諸事を知らなすぎた。丁南が亡くなってほどなく、あなたさまが呉都にとどめられ、人質としてすごされることを知って、調べられるだけ調べました。それで、確信して、おふたりとだけ語る機会を設けました。子乾どのの手の者に見張られていることもわかりましたので、少々策を弄しました」

「そうであったか……」

范蠡は嘆息した。阮春の話に打たれたというより、昔、焼失した実家をみたときの衝撃や開と臼それに雀中にともなわれて越の親戚をめざしたときの不安が、哀愁とともによみがえった。

——自分は越へ行ったが、阮春は呉へ行った。

それから二十七年がすぎて、ふたりは再会した。その二十七年にふくまれる喜怒哀楽をたがいに知りようがない。その間に、信念や思想の変化もあったにちがいない。

往時の阮春が、ここにいる牙門というわけではない。そういうみかたをした范蠡は、

——この用心深さは父ゆずりか。

と、胸裡で自嘲した。

だが、眼前の阮春はさらに恐縮の態で、

「わが家の財をすべてあなたさまに献上し、布衣の身にもどることで、盗窃の罪をお宥しくださるのなら、墓の下の丁南も安眠を得られましょう。さらに、あつかましいお願いを申せば、わたしともども、丁氏の兄弟もあなたさまにお仕えすることをご許可くださいませんか」

と、いい、低頭しつづけた。

席をおりて、その肩に手を置いた范蠡は、

「丁南がもたらした財のなかには、阮冬がたくわえた財がふくまれていたかもしれない。またこの大夏はそなたの血と汗で建てたものだ。どうしてわれが享けとれようか。またそなたがすべてをなげうって越へ奔り、われに仕えれば、伯嚭どのの恩を仇で返すことになる。そなたはそなた、われはわれだ。わが父もそなたが賈人として大成したことを喜んでいよう」

と、やわらかくいった。

阮春は肩をふるわせて嗚咽した。

席にもどった范蠡は、

「さて、牙門どの、ひとつ、お願いがある」

と、口調をあらためた。ここからは旧知の阮春ではなく、呉の大商人の牙門が対話の相手である。

牙門は泣きはらした目をあげた。

「われと諸稽郢は人質でありながら、呉王に優遇されている。呉王の恩が厚みを増すと、われらは越に帰ることができなくなる。いま越は貧困さが深刻で、国民は苦しみつづけている。われに苦難の民を救う力はないとはいえ、かれらと苦難をともにしたい。この心を、伯嚭どのにわかってもらえるように、骨折ってもらえまいか」

「あなたさまは……」

少年のころの范蠡は、利発さを秘めつつ、もの静かで、使用人にはつねにやさしく接した。弱者をいたわり、かばう姿勢は、そのころからあった。そういう范蠡を知っている牙門は、

――われには人をいたわる心が欠けている。

と、反省すると同時に、范蠡の真情に打たれた。

「微力ながら、力をつくしてみます」

范蠡と諸稽郢を越に帰すことが、牙門にとって贖罪になるといってよい。話が終わった時点で、この室に、丁奉がはいってきた。ふたたび架けられた竹の梁に、ひとりの青年が坐っている。范蠡にむかって一礼した丁奉は、

「あそこにひかえております者は、兄の子で、涼と申します。大宰さまや王族などに顔を知られておりません。向後、あなたさまだけに使い走りをさせます」

と、いった。

「わかった」

そういって席を立った范蠡は、竹の梁に足をのせて丁涼を視ると、

「伯嚭どのの股肱として働いている者たちは、敏活なので、なんじの動きひとつで、われと牙門家のひそかなつながりを看破する。こころして動くように。われは牙門に迷惑をかけたくない」

と、強くいった。すこし顔をあげた丁涼は、

「あなたさまにもご迷惑にならぬように、つかまつります」

と、はっきりと答えた。この声、このいいかたで、

——この者は、しっかりしている。

と、范蠡にはわかった。丁涼の眉は牙門ほど太くはないが、凜としており、目容に険はなく、爽快さを感じさせる青年である。

すっかり暗くなった邸外にでた范蠡と臼は、車中でふたりだけになると、ため息を同時についた。

——父がわれを助けてくれている。

牙門との再会は偶然のようでありながら、そうではないのかもしれない。范蠡は馬車が動いてから、しばらく無言であった。手綱を執っている臼は、前方をみつめたまま、

「なにをお考えですか」

と、問うた。范蠡は臼にからだを寄せ、

「牙門は、昨年、はじめてわれの素姓を知ったといったが、そうであろうか。われが越の要職に就いたのは、もっとまえだ。呉にいても、それはきこえたであろうし、范という氏が稀少ではないにせよ、わが父に仕えていた者なら、もしや、と意い、調べてみるものではあるまいか」

と、笑いを哺みつついった。

「ははあ、そうですね。丁南だけが知って、知ったことを伏せていた、と牙門は申し

ましたが……」

「いや、牙門も、知っていたであろうよ。丁南の臨終での告白は、妄だ」

「すると、さきほどの牙門の畏縮と謙譲ぶりは、どういうことですか」

「さて、どういうことかな。われが牙門の罪をとがめれば、毒殺されて、屍体で帰ることになる。そういうことかな」

この范蠡のささやきを消すかのように、急に馬車は烈風に襲われ、車中に樹てていた炬火も消された。

会見の地

楚の昭王が城父で病死して、あらたに立った恵王はまだ十代である。

——となれば……。

これから数年間、楚は大規模な軍事的行動を起こさない。北伐を企望している呉王夫差にとってこれほどつごうのよい時間はない。呉が北へ進出する道すじにある国は、魯、である。

——まず魯を従える。

この意いを強くもった夫差は、夏に、出師をおこなった。

「われらも従軍するのか」

諸稽郢はしぶい顔を范蠡にみせた。

このたびは伯嚭も出陣するので、ふたりはかれの客将という地位で、中軍に属することになった。まえに述べたように夫差は中軍の指麾を、ほかの者にまかせず、みずからとる。

呉軍は動きはじめた。

上軍の将帥は胥門巣である。下軍の将帥は王子姑曹であるから、この二将への夫差の信頼はあいかわらずであるといってよい。

「いきなり魯を攻めるということはあるまい。どこかに魯君を招き、会見をおこなって、北伐へのさぐりをいれるのが、軍事と外交の手順というものだ」

と、諸稽郢は外交官としての観測をおこなった。なるほど、夫差は魯を敵国とは観ていない。できれば、武力で討伐せずに、従わせたい。そのために魯の君主とどこかで会い、呉軍の威力をみせて、畏服させるのがよい。

――だが……。

范蠡は首をかしげた。

魯の公室は周王室の分家のなかで最上位といってよい。古昔、殷王朝を倒して周王朝を樹てた武王の弟のひとりを周公旦といい、その周公旦の長男が建てた国が魯である。ゆえに魯の主従は伝統を重んじて自尊心を失わない。かれらの高い自意識から南方の呉を観れば、野蛮な国、にすぎず、その武威を多少畏れても、けっして敬服することはあるまい。

「魯君は、会見の地に、でてくるだろうか」

范蠡は懸念をもった。魯の君主が夫差をかろんずれば、みずからでかけず、大臣を遣らせるであろう。

なお、このときの魯の君主は、史書には、

「哀公」

と、記されている。

「自尊心といえば、呉王のほうがはるかに強烈だ。魯君がみずからこなければ、烈火のごとく怒るであろうよ」

そういった諸稽郢は皮肉さをちらつかせて嗤った。諸国の事情に精通しているかれは、魯の政治がとうに形骸化していることを知っている。

魯にかぎらず、中原諸国では、政治の主権が君主から有力な大臣、すなわち卿におりている。超大国というべき晋では、それを六卿と呼ぶが、魯では、三卿である。

——范蠡は、三桓を知らぬのか。

と、諸稽郢は内心つぶやいた。

およそ二百年まえに魯の君主であった人を桓公という。桓公の子を荘公といい、あとを継いで君主として立ったが、ほかの子はそれぞれ分家を建てた。

仲孫（孟孫）氏

叔孫氏

季孫氏

という三家がそれである。それらの家は、桓公の子孫が作ったので、三桓、と呼ばれるようになった。それらの当主が国政の要職に就くうちに、勢力を拡充し、ついに魯君を陵駕するにいたった。三桓のなかで最大の勢力をもったのが季孫氏であり、この家の当主が、いまや魯の実質的な支配者である。その当主を、

「季孫肥（季康子）」

と、いう。

そういう魯国の実情がわかれば、主権者である季孫肥は、夫差に呼びだされても、みずから足労せず、哀公をおのれの代理として遣るにちがいない、と推断することができる。

「魯君はかならずくる。だが、問題はそれからだ……」

諸稽郢は先の先を考えている。

ふたりがその種のことを話しあっているところに伯嚭の使いがきた。伯嚭がふたり

の予見をききたがっているという。ほどなくふたりは伯嚭のまえに坐った。

伯嚭は縞の上に画いた地図をひろげ、

「ここに鄫という地がある」

と、いい、指を立てた。鄫の位置は、呉と魯のあいだにあるとはいえ、魯に近く、呉からは遠い。すかさず諸稽郢が、

「ははあ、ここが魯君との会見の地ですか」

と、断言するようにいった。軽く笑声を立てた伯嚭は、

「わかりがはやい。くどくどと説明せずにすむ」

と、いってから、魯君は鄫の地にくるであろうか、と問うた。

「きます――」

諸稽郢は即答した。

「はっきりいってくれるではないか。魯君がくる場合とこない場合を想定して、軍のすすめかたを考えておかねばならぬ。くるとなれば、軍を烈しく動かさずにすむ。だが、なにゆえ魯君が会見の地にくるとわかるのか」

「魯は昔から両面外交どころか三面外交の国で、外交に定見をもっていないからです。晋が強ければ晋に、楚が強ければ楚に、斉が強ければ斉と盟って、大戦を避けて

きました。いま晋は、鄭に叛かれ、衛ともうまくゆかず、さしあたり衛を攻めております。また楚は、ご存じのように昭王が死去して、今年は喪中にあります。さらに斉は王室に内訌があり、魯は亡命してきた嗣君を陰助して、斉に恩を売りました。いま魯は、虎の息をうかがうように忌憚しなければならない大国はどこにもなく、こういうときに武威をきらめかせて呉軍が北上してきたとなれば、ひとまず呉王に会ってその鋭鋒を魯にむけさせないようにするのが、魯の常道だからです」

「やあ、やあ――」

伯嚭は哄笑した。

――これほどの外交の達者が、呉にいようか。

夫差がこの越の重臣ふたりを呉において重用したい意望をもっていることを、伯嚭は察している。いまここでも伯嚭は諸稽郢のするどい異能にふれたおもいで、おどろき、感心した。

「なるほど、魯君は、鄫にくるか……」

「しかしながら、それは魯の詐佯です」

ここからが、諸稽郢の外交感覚の玄妙さであるといってよい。

「なに、魯君がわが大王をあざむくというのか」

「魯は昨日交わした約束を、今日、忘れる国です。信義はまったくありません。遠祖である周公旦や始祖である伯禽(はくきん)が、墳墓(ふんぼ)の下で泣いておりましょう。いまや魯は、魯君の国ではなく、正卿(せいけい)の季孫肥の国なのです。いわば魯君は季孫肥の使者にすぎず、魯がまことに呉を畏敬(いけい)しているのであれば、季孫肥が魯君とともに会見の地にくるはずです。が、それはありますまい」

諸稽郢はつぎつぎに予断(よだん)してゆく。

「ふうむ……」

笑いを斂(おさ)めた伯嚭は慍容(うんよう)をみせた。それをみながら諸稽郢は、

「魯はこずるいことをやっております」

と、さらに伯嚭を刺戟(しげき)した。

「それは——」

「魯は、邾(ちゅ)という小国の領土をかすめ取っています。呉の大王はこの機に魯の奸黠(かんかつ)をなじり、そのいまいましい気位(きぐらい)の高さをうちくだくべきです」

諸稽郢はさらりといってのけた。

中原諸国から、呉よりさらに低く観られてきた越の大夫(たいふ)として蓄積した鬱憤(うっぷん)が諸稽郢にはあるのであろう。

范蠡は無表情のまま発言しなかった。

たしかに君主の特権を冒して臣下が隠然と君臨する光景はこのましいものではない。楚という神政国家のなごりをとどめる国に生まれた范蠡は、一国の君主あるいは王を敬仰する気質を失っていない。

しかしながら、周王室を興隆させた周の文王とその子の武王は、正確にいえば、殷王に仕えていながら叛逆した奸雄といってよい。ただし、その叛逆行為を正当化するために、

「天命」

という思想をたちあげた。殷の時代では、天帝を想像のなかで確定し、殷王をはじめ諸侯は天帝の意に従うかたちをとっていた。だが、殷王朝を倒した周の武王とその弟の周公旦などは、天帝の存在を否定すると同時に、形のない天を絶対化し、その天に意志があるものとした。その天の意向と指示が天命である。いかなる叛逆も、天命に従ったのであれば、正義の行為ということになる。うしろめたさのある周王朝は、そういうつごうのよい思想を敷衍しつづけて、ついに成功した。その証拠に、革命から五百年以上が経ったいまでも、天命という思想は生きている。しかし思想の沈下が生じていることはたしかで、天命は、君主から臣下へおりてゆき、なにが是で、なに

が非であるのか、わかりにくくなっている。臣下が君主をしのいでも、非である、とは指弾しにくい時代になり、そういう思想の混濁を醇化するあらたな思想が必要であることに、范蠡は気づいていた。

ちなみに范蠡は、魯で生まれた思想家である孔子（孔丘）と同時代を生きている。ただし年齢は、孔子のほうがはるかに上である。

諮問を終えた伯嚭は諸稽郢と范蠡を退席させた。すこしはなれたところでかれらの問答をきいていた子乾は、すぐに伯嚭に近寄り、

「范蠡は寡黙でしたね」

と、いった。

「われが問わなかったからだ。だが、あの者は、静にみせて動だ。われの視界の外でかならず動いている。怪しい動きをしていないか」

「出入りしているのは、かれの臣下のみです。臣下は越と呉を往復しているだけで、脇道にはいったり、不審な逗留をしたことはありません」

子乾は配下に命じて、范蠡の家臣をひそかに蹤けさせたことがいくたびもある。

「そうか……」

伯嚭はあごひげを指でさわり、わずかに仰向いた。

「あなたさまは范蠡をずいぶん気になさっている」

「恐ろしい男だ。なんじにはその恐ろしさがわかるまい。諸稽郢は、越に帰してもかまわぬが、范蠡だけは呉にとどめておかねばならぬ」

范蠡は呉の都下にあって静黙するように暮らしている。うろんな動きをまったくしていない。

——これ以上見張っても、なにもでてこない。

子乾は伯嚭にそう言上するつもりであった。ところが、伯嚭は必要以上に范蠡に用心している。となれば見張りのうちきりをいいだしにくくなった。

急に子乾に目をむけた伯嚭は、

「范蠡を呉王に臣従させられないのなら、いっそ、殺すか」

と、眉宇に妖気をあらわした。それをうけて目容にけわしさをみせた子乾は、

「魯君との会見がうまくゆかず、鄫のあたりが戦場となれば、范蠡を魯兵に殺させることができます」

と、答えた。子乾は配下を魯兵に化けさせて、范蠡を暗殺する、ということである。

「魯兵が、范蠡を殺す。ふふ、それはよい」

幽かに笑った伯嚭は、しばらく虚空をみつめてから、意を決したように、

「殺れ。鄮が戦場にならなくても、范蠡を殺す手はある。ただしわが家臣も、なんじの配下も使うな。無頼の徒を集めて、かれらにやらせよ」

と、命じた。口もとをひきしめた子乾は、

「うけたまわりました」

と、一礼し、帷幄の外に消えた。

そのあと、ふっと小さくため息をついた伯嚭は、重臣の郤京を呼び、

「范蠡が、宛の范氏の子であると、いまごろ気づくとは、われは迂闊であったよ。牙門が范蠡の家宰の名を知っていたことも、かれの滞在にこだわったことも、いまになって、いぶかしい。なんじだけで、牙門の素姓を洗いなおせ」

と、いいつけた。

郤京がしりぞいたあと、ふたたびため息をついた伯嚭は、暗い顔つきで、

「范蠡さえ殺せば、牙門の素姓などは、どうでもよい……」

と、つぶやいた。

呉軍は順調に北上をつづけた。むろん船での進軍である。

淮水から泗水にはいり、さらに支流の沂水をしばらく遡行した。

船上で夏の風に吹かれながら、諸稽郢は呉軍の航行技術の高さに感心しつつ、

「越の戦艦はすべて破却(はきやく)された。その建造がゆるされるまで、何年かかることか」

と、范蠡にだけきこえる声で嘆いた。

上陸してからおよそ三日後に鄫に到着した。すでに陣営を築いている上軍の赤い旗が強い南風にはためいていた。中軍の陣営がととのって二日後に下軍が到着した。

夫差の機嫌は悪い。

「遠方のわれらが先に到着するとは……。魯君はなにをしているのか。礼を知らぬ君主よ」

たしかに魯の首都である曲阜(きよくふ)から鄫までは、六日ほどの旅程で、近いといえば近い。

それから三日後に、哀公が魯軍を率いて到着した。魯軍の旗も赤い。

会見の席では終始不機嫌であった夫差は、会見場である壇(だん)をおりるさいに、伯嚭に耳うちをした。うなずいた伯嚭は、哀公の礼をたすける儐者(ひんしや)である大夫の子服何(しふくか)(景伯(けいはく))に、

「呉王のために、百牢(ひやくろう)を作ってもらいましょう」

と、平然といい、この重臣をあきれさせた。

牢のもとの意味は、牛や羊を置いておくところのことで、そこからさまざまな意味が岐出した。ここでは、牛、羊、豕の肉がそろった料理をいい、百牢は百膳であると想えばよいであろう。

魯の子服家は、三桓の一家である仲孫家からわかれた家で、当主の子服何は、のちに孔子に親しい人物として知られることになる。貴門に生まれ育った人ではあるが、おとなしくはなく、血気があらわになるときがある。

このときも嚇として、

「周王でも最大の牢の数は十二です。それでも周の礼を無視して、百牢をだせと仰せになるのか」

と、口吻をふるわせた。

だが、伯嚭は冷笑し、

「呉王のご所望をおつたえしたまでです。だせぬのなら、そのわけを、直接に呉王に申し上げてもらいたい」

と、いい、くるりとうしろをむいた。

——ひどいいやがらせだ。

自陣にもどった子服何はすぐさま諸大夫と属吏を集めて諮問した。

「百牢とは、前代未聞だ」

みな唖然とした。そのような数の料理を作れるはずもなく、作りたくもない。

「大夫よ、再度のおことわりを――」

みなに背をおされた子服何は、伯嚭の陣営をおとずれたが、軍門の兵士にさえぎられた。ほどなくあらわれた隊長が、

「明日の昼までに、呉王のもとに百牢がとどかぬ場合には、呉兵の戈矛をもってうけとりにゆき、魯君を薪の上に置いて焼き殺し、その肉も食すであろう。これが、呉軍の総意です。牛刀をふるう気がないのであれば、剣と戟をふるうのがよかろう、と存ずる」

と、突き放すようにいった。

――ぬかしたな。

子服何は怒りで全身がふるえた。

軍の将帥でもない男に、一国の君主を輔佐している大夫がみさげられたのである。おもわず剣把に手をかけた子服何は、眼前の隊長をたたき斬ろうとしたが、もしもそれを敢行すれば、呉王と伯嚭のおもう壺で、この殺傷事件が両国の戦争へ発展してしまうであろう、と気づき、隊長をにらみすえただけで踵をかえした。

兵車を疾走させて自陣にもどった子服何は、愁い顔の諸大夫と吏人にむかって、

「問答無用、百牢を作る。今夜は、ねむるな」

と、吼えるようにいった。

このときから千人ほどの兵が血相を変えて烈しく往来しはじめた。従軍してきた料理人だけでは、とても手が足りない。だいいち材料も器も足りない。魯兵は近隣の聚落へ趨った。そういう兵のなかには、翌朝に帰ってきた者もいる。

なんとか昼まえに百膳をそろえた料理人は、疲労困憊して、ことごとく地に仆れた。

「よし、百牢を呉王の陣へ運べ」

声を嗄らし、目を充血させた子服何は、みずから夫差の軍門に到り、

「呉王に百牢を献ずる」

と、叫んだ。

いわゆる春秋時代のなかで、実際に百牢が作られたのは、そうとうにめずらしい。屈辱まみれになった魯の諸大夫は、その暗い感情の爆発を、壮挙に変えたのである。

夫差の近くにいた伯嚭は、運ばれてきた百牢をしらじらとながめ、

――ほんとうに作ってきたのか。

と、おどろいたものの、色にはださず、

「この百牢をとどけたのは、子服氏であり、季孫氏ではありません。魯の正卿が会見の地にあらわれぬのは、魯の不敬とみなすべきです」

と、言上した。

つぎのいやがらせとはこれである。

「ふむ、季孫氏はどうした」

「それがしにもわかりかねます。使いをだして、問うてみます」

魯の主従の感情をさかなでして、恚乱させ、魯に無礼あり、ときめつけたい伯嚭は、すぐさま使者を曲阜へ遣った。季孫氏の当主である季孫肥に、会見の地へこい、と恫しをかけた。

「国君がはるばるでかけているのに、卿が門をでないのは、いかなる礼であるか」

季孫肥は内心忿怒した。周王の許しも得ずに魯の君主を呼びつけるとは、呉王の礼とはいかなるものであるか、と問い返したい。威張りくさっている呉王の顔をみたくないだけでもある。だが、ここは、呉王を怒らせないように遁辞をかまえなければならない。季孫肥は苦悩の色をみせた。かれの胸裡にある苦さを察した臣下のひとりが、重臣の冉求である。

冉求はあざなを、子有、というので、冉有ともよばれるが、季孫肥に仕えながら、孔子の弟子でもある。じつは孔子の弟子には、武勇を保つ者がすくなくない。冉求も毅魄をもち、しかも才覚がある。

さっそく季孫肥に進言した。

「わたしが親しくしている者に、子貢がいます。かれの弁知は尋常ではないので、かれをお使いになるのがよろしい」

孔子の弟子としては、冉求より子貢のほうが有名になる。子貢は衛の生まれで、氏名を端木賜というが、孔子が衛に亡命したときに入門し、以来、その財力で孔子の亡命生活を支えつづけた。商人といってよく、さらに豪商といったほうがよい。

このとき魯の曲阜にいた。

「よかろう」

子貢を自邸に招いて、その知力と弁巧のほどをたしかめた季孫肥は、ほとほと感心し、

「鄪へ往ってもらおう」

と、いい、子貢をおのれの代弁者として送りだした。

衛人である子貢が、魯のため、あるいは季孫肥のために危険な任務を帯びるいわれ

はない。すべては孔子のためであった。

この年に、孔子は魯にいない。亡命先をかえて、なんと楚にいた。楚の昭王が亡くなった城父の南に、葉という大きな邑があり、そこを治める葉公（子高）の客となっていた。だが、優遇されているわけではないので、

——先生は不遇のまま客死してしまう。

と、愁えた子貢は、魯へ往き、冉求に会って、孔子を魯にもどすための良策をさぐっていた。亡命者の帰国をゆるす令は魯君からでる。が、魯君にそうさせる最高の実力者は季孫肥なのである。季孫肥の認可さえおりれば、孔子の帰国はかなう。

「季孫氏をどう説いたらよいか」

ふたりはひたいを寄せあって語りあった。こういうときに、季孫肥に難題がもちこまれた。

「相手は大宰嚭か……」

それなら説きようがある、といって子貢が起ったのは、

——ここで季孫肥に恩を売っておきたい。

という意いのほかに、伯嚭が亡命貴族で、見識の低い男ではない、と見当をつけたからである。子貢は商人らしく、恩も、売り買いするものだとおもっている。かれは

そういう下心をみじんもみせず、季孫肥の信頼を得て鄫に急行し、まっすぐに伯嚭の陣営を訪ね、まず贈賄した。商人が交渉の際におこなう最初の手順とは、それであり、贈賄の是非に迷うような思想のなかにはいない。

子貢を引見した伯嚭は、

「魯の君主が鄫にきているのに、正卿がこないのは、無礼ではないか」

と、責めた。強い口調ではない。

——賂が効いている。

ひそかにほくそえんだ子貢は、

「たしかに礼を尽くしているとは申せませんが、季孫氏は呉という大国を畏れているがゆえにでかけなかったのです。ここまでの呉のやりかたをみていますと、礼をもって諸侯に命じてきたでしょうか。呉が礼を示さないのであれば、いかなる事態が生ずるか、推量することができません。魯君は呉王の命令に従って会見の地にきております。国老である季孫氏まで魯都を空ければ、どうなりましょうか。呉王の遠祖である周の太伯は、末弟の季歴に国をゆずって出奔し、呉の地に定住しても、周の礼を守ったのに、その弟の仲雍（虞仲）が周の礼をかなぐりすてました。残念なことです」

と、懇々と述べた。

夫差が諸侯の上に立ち、盟主として天下を経営したいのなら、礼をともなった命令をくだすべきである。武威を誇示するだけでは、諸侯は従わない。子貢はやんわりと夫差を批判し、

――大宰であるあなたが、それくらいのことがわからぬはずがない。

と、暗にいった。すこし表情をやわらげた伯嚭は、ふむ、ふむ、とうなずいたあと、急に話題をかえて、

「あの人は聖人であろうか。じつに多くのことができる」

と、いった。一瞬、虚を衝かれた子貢は、あの人とは、孔子を指していると気づき、

「もとより天に許された大聖で、多能です」

と、答えた。伯嚭が孔子を知っているどころか、子貢が孔子の弟子であることさえ知っている。それがおどろきであった。

引見を終えた伯嚭は、范蠡と諸稽郢を招き、

「魯兵が不穏な企てをしている。まもなくわれらは引き揚げるが、本営の警備が手薄になったため、すまぬがご両所に、今夜だけ、哨戒を頼みたい」

と、いい、ふたりを分けるかたちにして、本営の外の哨戒小屋にむかわせた。子乾

の顔をみた伯嚭は、

「支度はととのっていような。襲うのは、范蠡の小屋だけでよいのだぞ」

と、念をおした。

「五十人、そろえました。范蠡の配下は十人もいないでしょう。しくじるはずはありません」

「そうか。われはこれから大王にお目にかかる。明日には帰国命令が下るであろう。范蠡だけが、柩車に載って帰る。哀れよな」

ふくみ笑いをした伯嚭は、強い陽射しのなかにでたとたん、目眩をおぼえた。

危難の秋

「遠い――」

范蠡とともに伯嚭の陣営をでた諸稽郢は、指定された哨戒小屋があまりにも遠いので、不満をかくさなかった。

それでも諸稽郢のほうがさきに小屋に着き、范蠡はさらに兵車を走らさねばならなかった。あたりは曠原である。

手綱を執っている魴必は、

「ずいぶんさびしいところにきました」

と、不安げにいった。後続の兵車は三乗である。このとき范蠡に従っている家臣は、魴必のほかに、魴化、雀中、甸太、飛弇、方玄などである。

やがて喬木の影がみえた。

「あれだな」

范蠡は魴必の肩を軽くたたいた。哨戒小屋のある位置は、伯嚭からというより伯嚭の佐官から教えられた。柏(ひのき)の大木がめじるしで、その根元に十人ほどの人数がはいる小屋があるとのことであった。ほどなく小屋の影も確認できたが、目のよい魴必が、

「たれか、います」

と、いった。途中の哨戒小屋にはたれもいなかった。

「われらの到着を待っている呉(ご)兵であろう」

范蠡はそう推量したが、実際はちがった。甲(よろい)をつけず、武器ももたぬ平装の人物が、五、六人を従えて立っていた。

「たれであろうか」

范蠡は用心しつつ兵車をおりた。すぐにうしろの兵車から雀中と方玄が趨(はし)ってきて、范蠡の左右に立った。

ゆっくりと歩をすすめた范蠡は、その人物の面貌(めんぼう)を直視するや、破顔した。

「史剛(しごう)――」

「やあ、范蠡ではないか。これはおどろいた」

史剛とよばれた人物は、范蠡とほぼおなじ年齢のようで、范蠡をゆびさしたあと、

腹をかかえて笑った。豪快な人であるらしい。

「おどろいたのは、こちらだ。なにゆえなんじがここにいるのか。ここは呉軍が設けた哨戒小屋だぞ」

史剛は計然先生の教室で親しくなった学友である。門下生のなかでは古参のひとりで、すでに学を修めて故郷に帰ったときいた。その故郷が、鄮、であるとこのあとわかった。

「いま、わが門下生の数は、百をこえたが、そのなかには不良少年もいれば、えたいのしれぬ流人もいる。だが、かれらもわが教室にくれば、まともな学生よ」

これはなかば史剛の自慢にはちがいないが、かれの性格のなかにある剛毅さが、ならず者たちさえ惹きつけるのであろう。

「二、三の弟子が、おなじ話を摭ってきた」

その話とは、柏小屋にいる越の大夫を襲撃するというもので、人数を集めている者がいるという。呉兵を襲えば事が大きくなり、襲撃者は執拗に追跡されてみな殺しにされかねないが、越人を殺しても、呉軍は動かない。そういうふれこみがあったらしい。

「急襲される越の大夫がたれであるのかは知らなかったが、とにかく越で学んだ者としては、聴きずてにはできず、そこから避難するように勧めにきたら、なんじがいた。なんじは越の上卿になったときいた。政敵がいるのか」

范蠡の暗殺をもくろんでいる者は、越の貴族か王族ではないか、と史剛はとっさに推理した。

「いま越は政争をおこなっている場合ではない。われを狙っている者は、かならず呉人だ。もしや、人数を集めていた者は、子乾とよばれていなかったか」

「さて、どうかな……」

ふりかえって弟子を視た史剛は、目で問うた。ひとりが一歩すすんで、

「子乾という名はききませんでした。たしか、墨全と称していたとおもいます」

と、答えた。

「ということだ。こころあたりはあるか」

「いや、墨全などという名は、みたこともきいたこともない。仮名かもしれぬ」

「名の詮索など、どうでもよい。早くここから立ち去れ。襲撃にくるやからの見張りはみあたらなかった。いまのうちに立ち退けば、やつらは無人の小屋を襲うことになる」

軽く笑声を立てて踵をかえそうとした史剛に、范蠡は重い口調で、

「そうはいかない」

と、いった。そうではないか。ここで哨戒にあたることは軍令である。襲撃されたわけでもないのに、かってに退去するのは軍令違反となる。それを問責されれば、弁解の余地はなく、逮捕されて投獄されるか、処刑されるであろう。つまりあらかじめ避難すれば、死なないですむどころか、かえって自身を窮地に立たせることになる。

「あなたは知らないだろうが、われは人質だ。逃げるわけにはいかない」

范蠡は地にことばをたたきつけるようにいった。

「ここにとどまって、襲撃をうけるのか……。死ぬぞ。相手は五十人、いや百人いるかもしれない。十人未満でどうしてふせげよう」

「それを、いまから考える」

「本気なのか……」

史剛は范蠡をみつめたあと、弟子のひとりに耳うちをした。その者は趨って、柏の木陰に停めてあった馬車に飛び乗り、駆け去った。

「あなたは、去らぬのか」

「学友を見殺しにはできぬ。わが弟子に加勢させることにしたが、その到着は夜中になろう」

「ここにとどまれば、死ぬ、といったのは、あなたではないか」

范蠡は眉をひそめた。

「はは、死なぬための工夫は、なんじがする」

と、いいつつ、小屋にはいった史剛はあたりをみまわして、

「武器はないか……。むしろだけがやたらに多い」

と、舌打ちをした。

おくれて小屋のなかにはいった范蠡は、

「夜に、どういう風が吹くか、わかるか」

と、史剛に問うた。

「風か。いまは、南から北へ吹く」

「それなら、戦いようがある。ちょっと外へでてくれ」

史剛をつれだした范蠡は小屋の南に位置する高地をゆびさした。草におおわれた低い丘といったほうがよい。

「あそこに陣をかまえる。賊は、正体を知られたくないので、かならず夜に襲ってくる。小屋を遠まきにして火をかける。全員を焼き殺せば、戦わずにすむ。賊がそう考え、そう実行するのであれば、われらも火をつかおう。さいわい、むしろが多い。小

屋の板もはがす。それらを車に積んで、高地の近くまで運び、火攻の陣を造る」

「ははあ。風向きを知りたかったのは、そのためか。しかし、今夜、北風に変わったら、われらが焼け死ぬぞ」

そういいながらも史剛は范蠡の策が気にいったようで、弟子に指図しはじめた。范蠡の家臣も働きはじめた。

高地まで路があるわけではない。一面に、腰の高さまである草しかない。むしろと板の配置が完了した時点で、范蠡はみなを集め、

「賊の進退がままならぬように、草を結んでくれ」

と、いった。史剛が手を拍った。

「これは、おもしろい」

草中に無数の小さな罠をしかけるようなものである。みなは日没までその作業をつづけた。すっかり暗くなるまえに腹ごしらえを終えた范蠡は、

「戟と弓矢には、予備がある」

と、いい、史剛には戟を、かれの弟子たちには弓矢を渡した。弟子たちはすべて剣をもっており、丸腰であったのは史剛ただひとりである。ただし武器をもてば史剛の勇猛さはなみはずれている。

飛弃と匄太が哨戒小屋まで走り、燎火を焚いた。小屋のなかに人がいるようにみせかけるためである。

——さあ、いつでもこい。

迎撃の気を心身に充満させた范蠡だが、さきほどまで吹いていた風がやみ、無風状態になったことで、不安をおぼえ、まずい、まずい、とつぶやきはじめた。

一時がすぎた。まだ風は吹かない。

雀中がしゃがんだ。地に掌をあてた。

「きましたよ。かなりの人数です」

「そうか……」

范蠡は小屋の影をみつめた。闇のなかにその影だけはくっきりしている。ほどなく、無数の火矢が飛び、それらは小屋に蝟集した。火焔が立った。賊は歓声をあげたらしい。遠い声である。

小屋は全焼した。

——わが実家も、あのように賊に襲われて、焼け落ちたのだろう。

怒りをおぼえた范蠡は、

——おや。

と、急に冷静になった。背に風を感じた。あの火が風を呼んだのだ。これで死なずにすみそうだ、と心がまえを立て直した范蠡は、小屋が無人であったことに賊が気づくころあいをみはからって、

「旗を樹て、炬火を点けよ」

と、左右に命じたあと、太鼓を打った。この太鼓の音に同調するかのようにしだいに風が強くなった。

「越の大夫がいるのは、あそこだ」

賊は立ち噪いだ。

これらの者たちを指麾しているのは、墨全といい、子乾の家臣である。こまかなことをいえば、子乾は伯嚭の属僚ではあるが、家臣ではない。子乾は士の身分なので、呉王の臣下として一家を建て、家臣をもっている。

「范蠡を、人知れず、殺せ」

そう伯嚭から命じられた子乾は、この任務に危険なにおいをかいだ。要するに、范蠡を暗殺しても褒賞されるわけではなく、のちに呉王の人質をかってに殺した者として処刑されかねない。伯嚭がこの陰謀にかかわりをもたぬ態でいるのであれば、自分もそ知らぬ顔で通したい。そこで家臣のひとりである墨全をつかい、かれにすべてを

まかせた。

墨全は、もとは山賊まがいのことをしており、荒っぽいことを平然とおこなう。このときも、范蠡に急襲をかわされたことを知るや、嚇と恚り、

「みな殺しにしてやる」

と、いきまき、遠い火を剣で指した。

賊はいっせいに炬火をともした。おびただしい数である。その火が草中にはいり、光の波のように高地に迫ろうとした。が、賊の多くが結ばれた草に足をとられて倒れるようになった。

「いまだ――」

范蠡は烽をあげさせた。草中にひそんでいた者たちは、いっせいにむしろに火をつけた。火は半円形に燃えひろがった。

濛々たる煙が立ち、その煙は風にあおられて、急激にながれた。

大いに噎せた賊は、立ちつくし、前進をためらった。それをみた墨全は、

「寡少の敵にひるんでどうする。ついてこい」

と、わめくようにいい、十数人を率いて煙のなかに突入した。かれは煙を払い、火を飛びこえて前進して高地の麓に到った。とたんに矢の雨を浴びた。それらを盾でし

のいだ墨全は、前途に立つふたりの男を視た。雀中と史剛である。ただし炬火の明るさでは、そのふたりの容貌は、はっきりとは墨全の目に映らない。

「殺れ――」

この墨全の声にはじかれたように、七、八人が戟をそろえて、ふたりにむかって突進した。が、奇妙なことに、いちど撃ちあっただけで、四、五人の戟が史剛の戟に吸い寄せられるように手からはなれた。雀中にむかった者の戟は、音を立てて折れた。地にころがった者がふたりいる。

雀中は戟の先を墨全にむけ、

「なんじが賊の首領か。その首を獲って呉王のまえに供えれば、なんじの妻子、父兄どころか一族と上司も刑戮されよう。それを承知で、かかってくるか」

と、恫喝した。

――わが正体は、范蠡に知られているのか。

にわかに墨全はうろたえた。

雀中の戟がゆっくりと墨全に近づいてくる。気圧された墨全は、

「引け――」

と、嗄れた声でいい、雀中に背をむけて走りはじめた。このとき、はるかかなたに

火の群れが出現した。

「弟子たちが到着したようだ」

戟を樹てて史剛は笑った。

このときから、さらに一時、草は燃えつづけた。これを異変とみた諸稽郢が駆けつけた。やがて呉軍の一隊が急行してきた。

哨戒小屋が賊に焼き打ちをかけられた、という第一報が伯嚭のもとにとどけられたのは、夜明けまえである。すでに伯嚭は起きていて、この急報に接するや、

――やれ、やれ、范蠡は死んでくれたか。

と、内心、喜笑(きしょう)したものの、表情を変えず、

「その賊とは、魯(ろ)兵ではないのか」

と、使いの者に問い質(ただ)した。

第二報がとどくまえに子乾の顔をみつけた伯嚭は、目を細めて、

「賊があばれているようだ」

と、声をかけた。耳目(じもく)の多いところで、よくやった、と褒(ほ)めにくい。軽く敬礼した子乾は、

「賊ですか。賊のことは、それがしはまったく存じません」

と、答えた。

日が昇るころに第二報がはいった。哨戒小屋は全焼したが、范蠡は火を用いてあざやかに賊を撃退したという。范蠡らはいま本営にむかっているとのことである。

「子乾――」

目を瞋らせた伯嚭はその属僚を呼びつけた。おもむろに跪伏した子乾にむかって、伯嚭は、

「あれは、どうしたことか」

と、叱声を浴びせた。范蠡が死なずに帰ってくることを、あれ、としかいえない。

だが、子乾はふてぶてしく首を挙げ、

「賊のことは存じません。それについては、大宰さまもおなじでしょう」

と、いった。

「むっ」

伯嚭は子乾を睨んだ。この時点で、こやつをつかったことがそもそも失敗であった、と気づいた。暗殺などという暗い作業は、私人にやらせるべきで、公人にまかせるべきではなかった。ただし子乾は狡猾なので、范蠡を討ちそこなった事実が、自身にひびいてこないような配慮と処置をしていたにちがいない。当然、暗殺の指示が伯

嚭からでたことは暗中に埋没する。

すぐに表情をゆるめた伯嚭は、

「われが賊のことなど、知ろうか」

と、いい、子乾をさがらせた。子乾の本性をかいまみたおもいの伯嚭だが、あれはあれでつかいようがある、と考え直した。

すでに上軍は帰途に就き、正午ころに中軍が動くことになっている。営所内の兵がかたづけを終えたころ、范蠡と諸稽郢がもどってきて、伯嚭に復命をおこなった。

「とんだ災難であった」

伯嚭は范蠡をねぎらうようにいった。

一礼した范蠡は、

「腑に落ちぬことがあります。われと諸稽郢が、一夜かぎり、呉兵にかわって哨戒をおこなうことを知っていたのは、大宰どのをはじめ中軍の将のみのはずです。しかるに賊は、わが首だけを狙って襲ってきた。これはどういうことでしょうか」

と、問うた。軽く笑声を立てた伯嚭は、

「それは范大夫の妄想というものだ。わが軍に敵愾心をもつ賊が、憂さ晴らしにやったことであろう」

と、あえてとりあわなかった。

呉都に帰ったら、股肱の郤京に命じて、范蠡を殺す手段をととのえさせよう。帰途、伯嚭の胸裡に生じた想念とは、そういうものであった。范蠡が呉王の人質であるかぎり、呉王の意の方向を変えさせることができる伯嚭としては、范蠡の瑕瑾をみつけて、それをいい立て、かれを獄に投げ込むことはたやすい。

――獄死させるなら、自分の手をよごさずにすむ。

呉都に近づいたとき、伯嚭はこの謀計によって范蠡を殺すことを決めた。あとは郤京をつかって范蠡のわずかな失敗、違法などをみつけさせるだけである。

――冬までには、范蠡は死ぬ。

伯嚭は確信した。すると前途がにわかに明るくなったように感じた。

おなじように呉都に近づいた范蠡の胸中は複雑である。

鄮をあとにしてから、飛弁と匌太は隊をはなれて、墨全の正体をさぐるため、駆けまわった。ふたりが范蠡に追いついたのは、朱方においてである。

「子乾の家臣で、墨全という者はいます。ただしその墨全と、われらを襲った賊の首領が、おなじ者であるかどうかはわかりません」

ふたりの報告はそういうものであった。

「そうか……」

范蠡は実際に哨戒小屋が賊に襲われた時点から考えつづけている。諸稽郢がいた哨戒小屋は夜襲されなかった。すると賊に狙われたのは范蠡だけであることはあきらかである。まことに墨全が子乾の家臣で、しかも賊を指麾していたのであれば、子乾が范蠡を殺そうとしたことになる。

――だが、それは、子乾ひとりが立てた計画なのか。

そんなことはありえない。子乾に密命をくだした者がいるはずだ。その者とは、子乾の上司である伯嚭しかいない。では、なぜ、伯嚭は范蠡を暗殺したいのか。今年の春までは、范蠡にたいする伯嚭の態度に陰険さはなかった。

――牙門邸での宴会が、伯嚭の心情に変化を与えたのか。

そのあたりはもはや推量の域で、邪推に踏み込んでしまいそうである。范蠡の暗い顔をみた諸稽郢は、

「どこかに誤解がある」

と、なぐさめるようにいった。范蠡のひそかな怖悸とぞんがい深刻な事態に気づいた上で、范蠡をはげましたといえる。

——この人には、おもいやりがある。

范蠡はあらためて諸稽郢の美質を発見したおもいで、感謝した。

鬱々と帰宅した范蠡を待っていたのは、牙門家の秘密の連絡係りというべき丁涼である。牙門からの伝言があるという。

「城にも邸にも、表門と裏門のほかに脇門があります。脇門をひらけば、二、三人はたやすく出入りすることができます」

　これが伝言であるという。

「よくわからぬが、その脇門を牙門がひらいてくれるのか。われにひらけ、といっているのか」

「大夫はごらんになっているだけでよく、わが主人も、みずから脇門に手をかけるわけではありません。拱手して、吉報をお待ちください」

「ほう。うれしいことをいってくれるではないか。ちかごろ、いやなことが多かったので、そのことばだけでも、心を晴れやかにしてくれる。おとなしく吉報を待つことにしよう」

　牙門が秘密裡に范蠡のために尽力してくれている。そう察しただけでも、萎えていた心力がよみがえった。

「なお、これはよけいな話ですが、大宰さまの重臣である郤京どのが、わが主人の過去と出自をさぐっておりました。しかし、かの人は根が貪欲なので、賂に弱く、ちょっとした贈賄でいくるめることができました。わが丁氏の一族は口が堅いので、主人の素姓を他言することは、けっしてありません」

「そういうことがあったのか……」

牙門と范蠡のつながりに疑いの目をむけた伯嚭にとって、そのつながりが確かになれば、不都合きわまりない、ということになるのか。たとえそうであっても、伯嚭が范蠡を殺す理由はそこにはみあたらない。

――いや、われを殺そうとしたのは、伯嚭ではないかもしれぬ。

伯嚭には、妄想、と嗤われたが、もしもそうであれば、用心のしかたを変える必要があろう。そうおもいはじめた范蠡は、鄮の郊外で夜襲されたことを丁涼には語げなかった。

范蠡はおのれのとまどいと疑念を、雀中にだけうちあけた。

この勇気ある家臣はみごとな武人に成長したが、もちまえのこまやかな気づかいを失っていない。

「損得の面を想ってみたのです。鄮の郊外における怪事件を、かれなりに考えてきた。

商家で働いていた者の発想である。

「主を殺して得をする者はたれか。主を害とみなしている者はたれか。それをつきつめてゆけば、首謀者にゆきあたるのではないか、とおもっています」

「なるほど、推理の本道はそれか」

　范蠡は感心した。

「哨戒の交替など、呉王の知らぬことでしょう。呉王の佐将か謀臣の伯嚭がおこなったことにちがいありませんが、かれらにとって主がどれほどの害なのか、主を抹殺してどれほどの得になるのか、いまのところ推測のしようがありません。主が呉にとってもっとも有害な人物である、とさきのさきまで見抜く者がいたとすれば、それは伍子胥を措いてほかにいません。しかし伍子胥ほどの貴紳が、あのような卑劣な手をつかうとはおもわれないのです」

「同感だ」

　たしかに伍子胥は中軍にいて呉王を輔佐していた。が、めだった動きはまったくせず、怪しい進退もしなかった。

「すると、われは私怨の的にされたことになる」

「いえ、まだわかりません。慝邪の者は、かならず中軍のなかにいて、外にはいなかった。そのように目をすえないと、首謀者を、見失います」

「ああ、なんじは賢い」

　真相をつきとめる手がかりは、賊を集めて哨戒小屋を襲った墨全だけである。かれの背後にしか真実はない。その真実は中軍のどこかにあった。

「われを殺すことに失敗した首謀者は、この呉都で、再度、われの暗殺をこころみるであろう」

「やはり、そうお考えですか。わたしは、まさか、とおもっておりますが、少々甘かったかもしれません。主の警備を改めます」

　雀中がそう答えた日から、五日後に、范蠡は諸稽郢とともに、参内を命じられた。おなじ日に朝廷へむかうために邸をでた伯嚭は、同乗させた郤京に、

「目ざわりな范蠡を、早く消せ。今日、范蠡は参内するので、帰路を襲ってもよいのだぞ」

　と、いらいらとささやいた。

　だが、ことは、伯嚭のおもわくからおおいにはずれて進行した。

　范蠡と諸稽郢を引見した夫差は、ふしぎに明るくおだやかな表情で、

「両所は一年間、呉都での生活を楽しんだであろう。われの政治と軍事もその目でみ

たであろう。されば、呉の栄耀を越君につたえ、みならうように説け。帰国を赦す」

と、いった。

あっ、とのけぞらんばかりにおどろいたのは伯嚭である。

「大王、それは――」

なりませぬ、と諫止しようとしたが、声がつづかなかった。夫差を諫めるには必死の覚悟が要る。一考するまもなく、

――范蠡め、密かに工作をおこなったな。

と、気づき、自分が一敗地にまみれたような気分になった。

西施の命運

范蠡と諸稽郢の帰還に関して、伯嚭はいっさい手がだせなかった。

その越の大夫と家臣団を帰国させるための馬車と船の手配は、呉王夫差に任命された大夫がすべておこなった。

それを横目でみながら、伯嚭は、

——どうして、そうなるのか。

と、歯噛みをした。従来、こまごましたことまで、

「なんじに任せる」

と、夫差からいわれてきた伯嚭である。だがこの件にかぎって疎外された。この事実を直視すれば、伯嚭をしのぐほどの寵臣が台頭して、夫差によけいな智慧を献じたと想うしかない。

——そんな者が、いるのか。

伯嚭は心の目で呉の群臣を眺望した。伯嚭より上位にいる大夫は、伍子胥ただひとりである。だが、伍子胥はさきの会稽山の戦いの直後から、
「越君の句践を赦してはならず、誅すべきである」
という主張をゆるめず、句践を人質としたあとは、飼い殺しにすべきだ、といって、その帰国に難色を示していた。そういう硬派の伍子胥がにわかに寛容をみせて、范蠡らのために夫差に進言するはずがない。

——すると……。

伯嚭の目のとどかないところで、夫差の意向を枉げることができるのは、王族か、つねに夫差の左右にいる側近しかいない。そのなかのたれがわれのじゃまをしたのか。伯嚭は心中で毒々しい怨言を放った。

范蠡は虎口をのがれたというべきであろう。

帰国がかなうと知って、范蠡は諸稽郢と手をとりあわんばかりに喜び、はればれと退廷した。このおもいがけない慶幸を知った家臣たちはいっせいに歓声を挙げた。
「どういう風の吹き回しであろうか」
と、家臣たちは笑顔でささやきあったが、おなじ疑念は范蠡にもあった。第一に考

えられることは、伯嚭の進言が呉王を動かしたということであるが、伯嚭のおどろいたような表情が、この推理を否定している。すると、伯嚭に近くない人物が呉王の意思をゆすぶったことになるが、そんな人物がどこにいるのか、見当もつかない。

とにかく三日後の出発にそなえて、邸内では、かたづけがはじまった。

出発の前夜に、丁涼がひそかにきた。

「主人の書翰をあずかってまいりました。ご披見くださいますように」

さしだされた書翰を一読した范蠡は、

「吁々、そういうことであったか」

と、感嘆の声を放ち、納得した。さきに牙門が脇門を強調したのにはわけがあり、その門を通れば掖庭にはいることができる。掖庭にいるのは呉王の正夫人をはじめ妃妾と宮女などである。すなわち牙門の財力は後宮におよび、正夫人を動かしたということである。

夫差が外征のために宮殿を空けているあいだに、牙門は着々と手を打ち、范蠡らを帰国させるための下拵えをしたということである。

「奇術だな。牙門いや阮春には、篤く礼を申さねばなるまい」

范蠡は書翰をささげるようにもって頭をさげた。その礼容に恐縮した丁涼は、

「なにを仰せになりますか。主人は、この程度の尽力では、あなたさまへのご恩返しにならぬ、と申しております。なにとぞ、牙門をお見捨てなきように」

と、述べて、再拝した。丁涼がいった牙門とは、阮春個人を指しているわけではなく、牙門家全体を暗示したのであろう。

「われが、牙門を見捨てる……。そのようなことがあろうか。ただし伯嚭には用心したほうがよい。かれは羊の皮をかぶった狼かもしれぬ。伯嚭に見捨てられたら、われが拾う。そう阮春につたえるがよい」

「かたじけないご温言です。おそらく主人の本意は、あなたさまのもとで商賈をおこないたい、ということでしょう。が、あなたさまが愛顧なさっているのは、朱角の子の朱梅であると推察し、主人は越に足がかりを求めることをためらっています。あなたさまが帰国なさったら、越は五年を待たず富裕の国となる。それ以前に、あなたさまのお手伝いをしたいと主人は申しております。ご高配をたまわりたく存じます」

「おう――」

范蠡は丁涼のものいいの明快さに軽く感動した。すかさず、

「そなたが越にきて、商賈をおこなえ」

と、丁涼をつき動かすような強さでいった。

「わたしが……」

目を伏せた丁涼は微(かす)かに苦笑し、おもむろに低頭(ていとう)しつつ、

「勇気をもって、そのように主人につたえます」

と、いってから退室した。

――丁涼は、丁奉(ていほう)の兄の庶子(しょし)かな。

牙門家で陰(かげ)の仕事につかわれているという事実が、明るい想像を招かない。おそらく丁涼は丁家の嫡流からはずれたところにいるのであろう。

――だが、沈着(ちんちゃく)で才気がある。

店をもたせてもらえないようなら、わが家臣としたい。范蠡は丁涼という才能を自分の手で拾い、育てたくなった。

翌朝、早発時に、その丁涼が平然と従者に加わったので、范蠡はおどろき、

――牙門のぬけめのなさよ。

と、ほとほと感心した。丁涼は夜明けまえに門前に立っていたらしい。門が開くと、まっすぐに雀中(じゃくちゅう)のもとにゆき、今日から、家事のお手伝いをさせていただきます、と鄭重(ていちょう)に述べたあと、くるくると働きはじめた。その働きぶりをみた雀中は、

――あの者は、昨夜、主(しゅ)の内諾(ないだく)を得たのだ。

と、意い、いちおう范蠡に報告した。

「あっはっは」

范蠡は笑うしかなかった。昨夜、范蠡の意向を知った牙門はすぐさま丁奉に諮り、丁涼を范蠡に密着させることに決めたということであろう。その速断ぶりを称めるしかない。

朝日が昇ってすっかり明るくなった門外にでた范蠡は、しばらく諸稽郢を待った。かれとその家臣団が隣家をでたと知るや、先導にあたっている大夫に、

「どうぞ、よろしく」

と、つたえた。ほどなく動きはじめた馬車の上で、

――これで呉の羈束からのがれた。

と、范蠡はのびのびと解放感をあじわった。車上で感じている仲秋の風は、越都に着くころには晩秋の風に変わる。たとえ風の冷涼さがすすんでも、この風には明朗さがある。そう感じるほど、范蠡の気分はよかった。

――長かった……。

実感である。

越王の句践が夫椒において呉軍に大敗したのは、六年まえである。范蠡の三十代の

後半はすっかり暗くなり、闇のなかで光を捜し求めつづける歳月となった。いま帰国の途についた范蠡の年齢は、四十に近づきつつある。敗戦後の歳月をふりかえると、懸命に働いたつもりでも、虚しさしかない。おのれの努力を衆くの人に賛美してもらいたいとは、つゆほどもおもっていない范蠡であるが、なにを為しても手応えがないのはつらかった。それについて諸稽郢にこぼしたことがあり、笑い飛ばされた。

「昨日播いた種が、今日花をつけ、明日実を結ぶはずがないではないか。国民は無知のようにみえても、じつはいろいろなことをよく知っている。范大夫がどれほどの賢相であるかを、もっともよく洞察しているのは、国民であり、かれらの敬意がなければ、国は栄えない。わが王は愚鈍ではなく、むしろ英賢といってよい。そこに范大夫が帰着すれば、越は往時よりも繁栄するであろうよ」

そういう諸稽郢も、越にとって、かけがえのない賢臣である。

――この人と知りあえたことでも、わが人生に豊かさが加わったというべきか。

范蠡はなんどか諸稽郢に助けられたという気分になった。

津に到着すると、風はいっそう強くなった。北から南へ吹く風なので、越へむかう船にとっては追い風となる。

范蠡と諸稽郢が船に乗り込んだところで、船中にやってきた呉の大夫が、

「あとひとり、乗船します。それまで、お待ちください」

と、ふたりに告げた。

范蠡と諸稽郢はおもわず顔を見合わせた。

——たれが、この船にくるのか。

すぐにはおもいあたらない。

半時後、幌付きの馬車が津に到着した。馬車からおりた女を看た諸稽郢は、

「やっ、あれは、西施ではないか」

と、いった。西施の美しさを最初に発見して越につれてきたのが諸稽郢である。みまちがえるはずがない。その声をきいた范蠡は、胸が重くなった。

——そういうことか……。

掖庭のあるじというべき正夫人にとって、もっともうとましいのは側室の西施であり、あの者をはやく駆除したい、とつねづねおもっていたにちがいない。要するに、正夫人の狙いは、西施を越に追い返すことであり、范蠡と諸稽郢の釈放はそのつけたしにすぎない。

「これで呉王はすべての人質を返してくれたことになる」

と、諸稽郢はうれしげにいったが、范蠡の胸の重さは変わらなかった。

乗船した西施はふたりの大夫の目を避けるように、すみやかに船室にはいり、いちどもでてこなかった。

出航した船は、陸地から遠くない洋を南下し、日没まえに入り江にはいって停泊した。

食事を終えた范蠡のもとに、西施の使いがきた。

「お独りで――」

ということなので、范蠡は従者なしで西施がいる船室にはいった。室はおもっていたより広かった。華氈の上に西施が坐っていた。

――妖気がある。

あえていえばその妖気にはさびしさがあり、人を毒する強さはなかった。しばらく無言で范蠡をみつめていた西施は、軽く嘆息してから、

「越王のもとにもどるわたしは、どうなりましょうか」

と、細い声で問うた。

それについて、范蠡には凶い予感がある。西施が乗船すると知ったときから、

――西施にとってこの帰還は不幸だ。

と、強く感じた。越王の正夫人を救うためにあえて呉王の側室になったというの

は、大きな勲功にはちがいないが、西施を迎える句践は賛辞をそえて喜悦を示すであろうか。

――いや、むしろその逆だ。

句践の性質を熟知しているつもりの范蠡は、最悪の光景を予想している。

「誅されましょう」

句践の性質にひそんでいる激越な潔癖さは、西施をけがれたものとみなすであろう。呉王に汚染されたものを王室にいれるわけにはいかない。また、野に下すこともできない。そうであれば、その存在を浄化しつつ消すしかない。

「わたしは、誅されるのですか」

西施は微笑した。自身の不運を冷ややかにみつめて嗤ったのであろう。

「おそらく――」

最悪の事態を予想するのが范蠡の心の癖である。

西施の目がうるみはじめた。

「わたしは死に、あなたは生きる。往昔の婚約は守られず、死後もわたしはあなたに添えない」

怨言にしては純粋な声であった。

「婚約を棄てたのはわれですが、棄てざるをえない事情がありました。その事情がいかなるものであったかは、あなたはご存じのはずです」

范蠡がそういったとき、西施の目から涙があふれた。

范蠡は口をつぐんだ。

しばらく泣いたあと、西施は、

「船をおりれば、永遠の別れになるのですね」

と、いい、唇をふるわせた。

「永遠の別れ……、さて、それはどうでしょうか」

と、范蠡は謎めいたことをいった。眉をひそめた西施は、いぶかった。

「わたしは死ぬ。そうではないのですか」

「そうです、西施は死ぬ……」

これ以上は語りたくないという表情の范蠡は、西施は死ぬのです、とふたたび語げてから、退室した。

自室にもどってからも范蠡は、

「西施は死ぬ……」

と、つぶやき、目をすえた。それから虚空をみつめたまま、半時ほど、身じろぎも

しなかった。せつなさとつらさを耐えつづけたあと、横になり、

「浄化されたものを摭って、なにが悪いか」

と、またしてもつぶやいた。このつぶやきには、おのれが感じている危怖を打ち消そうとする強さがあった。

――すべては、会稽にもどってからだ。

范蠡は昂ぶりを鎮めて、ようやくねむった。

航行は順調であった。

だが范蠡の表情は、船が会稽の津に着くまで、けわしく、それをみた家臣たちはいちように、

――主にしてはめずらしい不機嫌さよ。

と、首をかしげたが、たれもそのわけを問わなかった。

下船したあとも、范蠡と諸稽郢は夫差の使者である大夫に先導されるかたちで、王宮にむかった。ちなみに西施はすぐには下船しなかった。この呉の大夫は配下を先行させて、范蠡と諸稽郢の帰還を越の朝廷に告げさせたので、それから朝廷と王宮がすこし噪がしくなった。側近からの報せに、手を拍って喜んだ句践は、さっそく呉の大夫を引見した。引見といっても、句践はこの大夫を貴賓のごとく応接し、終始、頭と

腰を低くした。この謙虚さに気分をよくした大夫は、

「お借りしていた二大夫をお返しする。なお、玉ひとつを船に残してある。すみやかにひきとられよ」

と、威をあらわにしていった。

――玉ひとつ、とは、西施のことだ。

と、范蠡はすぐに察知したが、一瞬、句践はとまどったようであった。だが、血のめぐりの良い句践は、そういうことか、とおもいあたったようで、

「すみやかに車をだしましょう」

と、答えた。引見を終えた句践は、側近たちを集め、

「呉の大王の御使者をおもてなしせよ」

と、命じた。そういう挙止と物腰を観ていた范蠡は、

――王は、ずいぶんお変わりになった。

と、実感した。変わった、というのは、良いほうに変わった、ということで、人として成熟した、といいかえてもよい。苦難がそうさせた、ともいえるが、苦難のうけとりかたをまちがえると、人は卑屈に堕ちてしまう。

宮室のなかに范蠡と諸稽郢だけが残った。

使者とともに室外にでた句践が、室内にもどってきたとき、その容貌には、かつてみたことのない輝きがあった。ふたりに趨り寄った句践は、烈しくふたりの手を執り、

「よく帰ってきてくれた。待っていたぞ」

と、熱い息でいった。

句践の性質を熟知しているつもりの范蠡でも、句践の生の感情にはじめて触れたような気がして、感動した。それは諸稽郢もおなじであるらしく、全身をふるわせた。

「明朝、大夫種をまじえて、諮詢したい。疲れたであろう。今日は、自宅にもどって休め」

「それでは――」

感動のほてりが心身から消えないうちに退室した范蠡は、強く吹いている秋風にひるがえった袂に横顔を打たれて、はっと気づいた。

――いそいそと自宅に帰っている場合ではない。

范蠡は肩をならべて歩いている諸稽郢に、

「ちょっと、たしかめておきたいことがあるので、ここで――」

と、いい、回廊をそれた。そこからまっすぐに屈芝に会いに行った。正夫人に信頼

されている屈芝は、宮中警備を掌管している。むろんその警備は後宮にもおよんでいる。范蠡の顔をみた屈芝は、

「ぶじのご帰還をお賀いします」

と、いって、相好をくずした。が、范蠡はいささかも笑貌をみせず、あたりに数人の属吏がいるのをみて、

「たのみがある。人にきかれたくない」

と、声を低くしていい、屈芝をともなって、強風がながれている庭にでた。

「どのようなことですか」

屈芝は風に背をむけた。

「西施のことだ」

「西施さま……。西施さまも、おもどりになったのですか」

屈芝は軽いおどろきをみせた。

「いま、津にいる。やがて王宮に到着する。ただし王は、西施の帰着をたれにも告げないであろう。そなたは掖庭の門を開いて西施を迎えることになるが、それについて、かならず箝口を命じられる」

范蠡はそういう陰密な事態を、船中にいるときから予想してきた。この予想がはず

れることを望んではいるが、はずれる理由をみつけるほうがむずかしい。

「奇妙なことをおっしゃいますね。西施さまは、身を挺して正夫人をお救いした殊勲者ですよ。ご帰還は、華やかに歓迎されるのが当然ではありませんか」

常識では、屈芝のいう通りであろう。が、この場合、別の理屈を考えてみる必要がある。

「そなたの妻が、もっとも嫌いな男に奪われたあと、もどってきた場合を想えばよい。ただしそなたと王とでは、情の在りかたも考えかたもちがう。要するに王は、越の群臣と国民に、西施の帰還を知らせたくない。もっといえば、呉をでた西施は越に着くまえに消えた、とおもわせたい。それなら西施の美しさは永遠であり、西施を非難したい者もとやかくいうまい」

屈芝はおどろきを呑み込んだように、まばたきをくりかえした。

范蠡は屈芝の耳に口を近づけた。

「そなたは王のご命令に従うだけでよい。たのみというのは、ただひとつだ。おそらく王宮にとどまることがゆるされない西施が、いつ王宮からだされたか、それだけをわれに知らせてくれ。念のためにいうが、王宮をでる西施がまともな馬車に乗っているとはかぎらない。荷車の荷になっているかもしれない。というわけで、そなたの観察眼にたよるしかない」

　きわどいたのみである。

「あなたさまは、なにを――」

　范蠡はなにをたくらんでいるのか、と問いたげな屈芝の目つきである。

「邪推をするな。西施の冥福を禱りたいだけだ」

「えっ――」

　屈芝はますますおどろきを大きくした。いちど王宮にはいった西施は誅されたあと、荷車の荷となって外にだされ、廃棄されるのか。屈芝がそう想像しているうちに、范蠡は趨り去った。

　――時間がない。

　范蠡は宮門の外に待機していた馬車に飛び乗った。同乗の雀中は、血相を変えている范蠡をふしぎそうにながめた。

　自宅の門前には三十数人の家臣がならんでいた。かれらは范蠡の馬車が近づくと、いっせいに祝賀の声を揚げた。馬車をおりた范蠡は、表情をつくりなおして、かれらににこやかさを振り撒いた。門内に家宰の臼の顔をみつけた范蠡は、すばやくかれの腕をつかみ、

「西施が死ぬ」

と、ささやいた。直後に、范蠡の目前にきたのは妻の白斐(はくひ)である。その目にはうっすらと涙がある。夫の帰宅を喜ぶ涙である。それをみて胸を打たれた范蠡は、

――われは妻を裏切るわけではない。

と、心のなかで叫んだ。

ついでふたりの男子の健康をたしかめた范蠡はあわただしく父親ぶりを発揮した。夕食を終えると、おのれの焦燥(しょうそう)をかくして、臼だけを別室に招きいれた。

「西施さまのことですか」

帰宅してからの范蠡のようすを冷静に観ていた臼は、ちらりと范蠡の心情をさぐるような目つきをして、

「西施さまがなぜ死ぬのか。また、西施さまの死後に、あなたさまはなにをなさりたいのか」

と、冷ややかに問うた。

――なるほどな。

臼にとっては、西施は遠い他人である。その生死に一喜一憂はしない。だが、范蠡は、実家を失うようなことがなかったら、西施を妻に迎えていただろう、というおも

いを心から消すことができない。

「西施は不浄のものとして還ってきた。ゆえに王は棄去なさる。その棄去のしかたも、われには見当がついている。ことわっておくが、われは王を諫止したいわけでも誹謗したいわけでもない。ただ、昔の婚約者をあわれみ、西施として死んだ女が、別の名で生きてもらいたいだけだ」

すこしまなざしをさげて、范蠡の説述をきいていた臼は、急に、范蠡に強い目をむけた。

「あなたさまは西施さまを愛している、ということですか……」

「なにをいうか。そういうことではない」

范蠡は横をむいた。

「愛さなければ、できないことですよ。あなたさまがなさったことを、あとで王がお知りになれば、あなたさまはいまの地位を失うどころか、国外に追放されます。ご家族と家臣を棄てても、なさるべきことでしょうか」

「はは……」

范蠡はうつろに笑った。

――臼の考えが正しい。

と、認めてしまえば、ひとりの女がこの世から消えるのを遠望するだけで、日々はおだやかにすぎてゆく。だが、范蠡はそういうぬるい日々に浸(つ)かってゆく自分をゆるせない。

「臼よ、追放されたら、商人にもどろうや」

と、くだけた調子でいった。しばらく無言で范蠡をみつめていた臼は、

「そこまでのお覚悟があるのでしたら、もはや、なにも申しません。が、敢行(かんこう)なさるかぎり、失敗なさってもらいたくない。あなたさまがいなければ、越の復興が遅れます。それだけ、越の国民の苦しみがながびくということです。商人にもどることは、いつでもできます」

と、いった。

「わかった。いまから書翰をしたためる。半時後に、魴化(ほうか)と崘(ろん)を呼んでくれ」

言下に筆を走らせはじめた范蠡は、やがて臼とともに入室してきたふたりに、

「この書翰を、猱(どう)の子の曠(こう)にみせよ。崘は潜水にすぐれているので、かならず曠に随(ずい)従(じゅう)させられて、聚落(しゅうらく)の外にでる。魴化は聚落内にとどまり、報せの受け渡しにあたってくれ」

と、命じた。ふたりがしりぞいて室外にでると、臼は小さく嘆息してから、

「手際のよろしいことで……」

と、苦笑をまじえて感心してみせた。

「どれほど手際がよくても、的(まと)はずれとなれば、すべてがむだになる。あとは、西施の徳しだいだ」

翌朝、鶏鳴(けいめい)とともに馬車で出発したふたりを見送った范蠡は、おもむろに参内(さんだい)した。

この日は、群臣も朝廷に参じて、早朝から午(ひる)まで、句践の臨席のもとで国法の改正について討議をおこない、新法を議定した。午後は、大夫種、范蠡、諸稽郢という三人だけが句践の諮詢をうけて、こまごまとした施政についての是非を述べ、句践の意向にそって決定事項をつらねた。日没になってもその談議は終わらず、多くの燭架(しょっか)が室内にはこびこまれたあとも、話し合いがつづいた。それが終了したのは、なんと夜半であった。

室外の燭燎(しょくりょう)も増やされ、足もとはずいぶん明るい。

宮門のほとりに属僚(ぞくりょう)とともに立っていた屈芝は、三人に一礼して、

「お疲れでした」

と、いい、目のまえに范蠡がくると、

「黎明に――」

と、ほかのふたりにきこえないほど小さな声でいった。黎明に、西施が王宮からだされる、ということである。

仙女（せんにょ）の飛翔（ひしょう）

日没のころに、船からおりた西施（せいし）は、幌（ほろ）馬車に乗って王宮にむかった。

暗くなった宮門を通過したあと、宮殿にはあがらず、庭内の離れ屋に幽閉された。屋外には見張りが立ちつづけ、翌日の昼になっても、おとずれる者はひとりもいなかった。

——わたしは越（えつ）王に棄（す）てられた。

二日目の夜を迎えて、西施はそう認識して、震慄（しんりつ）した。ここか、あるいはどこかで殺され、人知れず、地中に沈むのであろう。ふるえる胸でそう覚悟したとき、范蠡（はんれい）の謎めいたことばを憶（おも）いだした。

「永遠の別れ……、さて、それはどうでしょうか」

たしかに范蠡はそういった。

「范蠡さま……」

そうつぶやいた西施は涙をながしつづけた。自分はなんのために越にきたのか。婚約者を捜しにきただけであれば、この運命は過酷である。

夜半すぎまでねむられず、ようやくねむりに落ちたが、すぐに起こされた。

「どうぞ、馬車にお移り下さい」

この声に従って、屋外にでると、わずかに東の天空が白かった。

馬車に乗ると、いきなり黒い布をかぶせられた。

「お騒ぎになりませんように」

そういわれた西施は、すべてをあきらめた。自分は闇から闇へ葬られる。越王にさからって、手をさしのべてくれる者など、いるはずがない。

この馬車のうしろに、二艘の小舟を載せた車がつづいた。馬車はゆっくりすすんだが、ほとんど停まらなかった。黎明に王宮をでたこの馬車は、日が落ちても、なおすすんだ。昼夜兼行を三日つづけて到ったのが、五湖のほとりである。

湖は濃い朝霧におおわれていた。

小舟を車からおろして湖畔にはこぶように指示した者は、王室の祭祀官である。かれは随従させてきた奴隷たちに、

「女を皮の袋にいれて、石のおもりを付けよ」

と、命じた。このとき西施は失神しており、呼吸も細かった。袋は舟のなかに置かれた。

水に浮かんだ二艘の舟は、濃霧を揺(ゆ)らして汀(みぎわ)から遠ざかった。あたりは白い闇といってよい。二艘の舟がすこし離れると、たがいの影を見失いそうになった。恐怖さえおぼえはじめた祭祀官は、すこし首をすくめて、

「もうよい。そこに、袋を沈めよ」

と、先行していた舟に声をかけた。おう、と小さく答えた奴隷たちは、袋をかかえあげて、ためらうことなく投擲(とうてき)した。しばらく浮いていた袋が沈みはじめたのをみた祭祀官は、湖上の寒さを嫌うように、

「帰るぞ」

と、いい、すぐに舳先(へさき)をめぐらせた。

けがれたものを地に埋めると、地の力で復活する恐れがある。それは迷信であると嗤(わら)えないほど、この時代の人々の通念のなかに根づいている。そのため、水に沈めるのである。ただし海では、波の力によって屍体(したい)が岸にうちあげられるかもしれないので、静かな湖をえらぶのが常識であるといえた。

西施は湖底に沈んだ。

それから六日後に、鲂化と崘だけではなく、連絡のために走りまわった飛弁と訇太も、范蠡のもとに帰ってきた。かれらの報告をきいた范蠡は、ほっと表情をゆるめ、

「よくやってくれた」

と、四人をねぎらった。最初に猱の聚落に急行した鲂化は、

「主の書翰を読んだ曠は、蒼白になりましたよ」

と、皮肉な笑いをそえていった。

書翰のなかの一文は、

「貴殿が夫椒の戦いの数か月まえに、ひそかに呉へ往ったことは、わかっている」

というものであり、それが曠を震駭させた。この書翰を書いた范蠡は句践にももっとも信頼されている三卿のひとりであり、かれが句践にそのことを上聞すれば、十日も経たぬうちに、猱の聚落は越兵に包囲されて族滅させられるであろう。

「ただし、貴殿にはやむにやまれぬ事情があったと推察するので、われは死ぬまでそれを越王に告げるつもりはない」

范蠡はそういう文を付して、安心させ、曠を協力者に仕立てた。舟をだせるのは曠しかおらず、どうしてもかれの手助けが要るし、事が成ったあとに秘密を守りぬける

のも、かれしかいない。

いわば賭けであった。

話をきいていた臼は、

「湖の霧は天祐でしたな。沈んだ袋をひきあげたのは蝓にはちがいないが、天が西施の徳を認めて、助けてくださった」

と、しきりにうなずいた。

焚き殺されそうになった越の正夫人を、一身をもって救った、その一事が、天を撼かした。みなが想うことはおなじであった。越王が棄てたものを摭うという行為は、――天意に従ったのか、さからったのか。

いまのところはわからない。わかるのは、歳月が経ってからであろう。范蠡はそう腹をくくっている。

この日からおよそ三か月後の晩冬に、祭林の船が会稽の津にはいった。一隻ではなく二隻である。たまたま祭林が越にやってきたわけではない。句践が諸稽郢をつかって、祭林を招いたのである。

「わが女を楚王室に嫁がせることにしたが、呉王に知れたくない。めだたぬようにしたい」

句践の意向はそういうものであった。あいかわらず呉の間諜が会稽の内外にいると想定し、用心して、王室の船も国内の有力者の船もつかわないことにした。

下船した祭林は、まず范蠡邸にはいり、それから句践に内謁して、多量の財幣を下賜された。しりぞいて宮殿の外にでた祭林は、

「これほど楽に儲けさせてもらうことは、めったにありませんよ」

と、付き添いの范蠡にむかって笑った。越の公女を楚都へ送りとどけるだけで、祭林家にとって一年分の利益があります、とあけすけにいった。

「弱者を助けるのも、悪くあるまい」

そういった范蠡も同行するのである。

「婚儀の道は、なんじが拓いた。楚の王宮までわが女を儐くべし」

句践から范蠡はそう命じられた。

吉日をえらんで、公女と女官をふくんだ従者たちを上船させた范蠡は、その船を先導する船に乗り込むまえに、祭林に地図と海図をみせて、海岸近くの一点に指を立て、

「すまぬが、このあたりで船を停めてくれ。ひとつ、荷を摭ってゆく」

と、いった。祭林はふくみ笑いをした。

「その荷は、人目にさらしてもかまわぬものですか」

「いや、できれば、そうしたくない」

「では、すこし出発をおくらせましょう。暗くなるころに、そこにさしかかったほうがよい」

祭林は、風が悪い、といって出航をおくらせた。

この船が、猱の聚落の沖にさしかかったのは夕暮れである。岸を発した船が急速に近づいてきた。祭林は梯子をおろさせた。のぼってきたのは、髪と口もとを紗羅でかくした黒衣の女である。女は船端の范蠡をみると、小さく叫び、その胸に飛び込んだ。

范蠡はいのちの重さをうけとめたつもりであったが、女の感情のおもいがけない熱さにつらぬかれたような気分になり、わずかにたじろいだ。それを遠慮ぎみにみていた祭林のほうに顔をむけた范蠡は、

「われも弱者を助けるのが好きだ」

と、あえて声を高くしていった。それから、

「やましいことではない。委細を話す。この者の力になってもらいたい」

と、たのんだ。

船室にはいった祭林は、話をききながら女をみつめ、やがて息をのむほどおどろいた。

「このかたが、あの――」

「いま、この人に氏名はない。かりに名をつければ、湖人かな」

「湖から生まれた人、ということですか。しかし、湖はよいにしても、人は、垢ぬけない。嬋がよろしい。湖嬋では、どうですか」

「なるほど、では、たったいまからあなたは湖嬋だ」

范蠡にそういわれて女はうなずいたものの、どこかさびしげであった。范蠡の近くにいることができるのは、航行中だけである。楚都に着けば、永遠の別れが待っている。

この日から、湖嬋は祭林の客となった。この客の突然の出現を知っている船人は二、三人だけで、祭林はかれらに他言を禁じた。

長い船旅である。この旅を短いと感じたのは湖嬋ただひとりであろう。

船が江水にはいって西へすすむあいだに、年があらたまった。

――われは四十歳か……。

深い感慨があるわけではない。むしろ范蠡は未来しかみつめていない。

さらに西へすすんだ船の上から雲夢沢がみえるようになった。渺々たる水のひろがりである。この南方最大の沢の西北端から漢水にはいる。漢水も大きな川で、これをさかのぼってゆけば楚都の都である。その津には、春の風が吹いていた。

岸におびただしい数の馬車がある。それをみてすばやく船室におりた范蠡は、固い表情の湖婢にむかって、

「われはさきに船をおりなければならない。あなたのことは祭林にたのんでおいた。祭林は度量の大きな賈人なので、あなたを束縛することは、けっしてない。あなたがどこへ行き、どのように生きるのか、われにはわからないが、長生きをしてもらいたい。それがわれの願いです」

と、いった。湖婢は涙をこぼしはじめた。范蠡は女の指をにぎった。その上に涙が落ちた。湖婢を抱けば、ともに湖底に沈んでゆかねばならない。その想像をふりはらうように、

「では――」

と、いって、指をはなし、室外にでた。しばらく感傷のなかにいた范蠡は、船をおりて、出迎えにきた令尹子西の顔をみると、気分をかえた。

「ご足労、いたみいります」

「なんの、これしき」

と、小さく笑った子西は、

「越王だけではなく、あなたも人質にとられていた、とはおどろいた。呉王は非情の人だ。その非情さによって、やがて自滅するであろう」

と、夫差を痛烈に批判した。子西の夫差嫌いは徹底している。かれは多数の属僚に指図を与え、みずから越の公女を先導して王宮にむかった。が、范蠡はその行列からはなれて、従者とともに子西邸にはいった。いまなお楚の恵王は喪中にあるので、謁見はかなわない。越の公女も、その喪が明けるまで、後宮で待ち、正式に嫁ぐことになる。

自邸にもどってきた子西は、范蠡をもてなしながら、夫差についてききたがった。恵王が喪に服しているあいだ、国政をあずかっているのは子西なのである。夫差の性質と思想を知っておきたいのは当然であった。

范蠡は鄫における会同について詳細を語った。子西は目を剝いた。

「なに、夫差は魯に百牢を作らせたのか、天王きどりだな。あきれてものがいえぬ」

「それによって魯は呉王に反感をいだいたことはまちがいなく、向後、呉にたやすく従うことはありますまい。あえていえば、呉王は威張るたびに、あらたな敵をつくってゆくでしょう」

范蠡はそう推測したが、実際、この年の三月に呉軍は北進して、魯を伐った。

魯の南に邾という小国がある。この国が魯に攻められたため助けを呉に求めた、という経緯がある。ちなみに呉が軍をだす際に、諸稽郢が五百の越兵を率いて呉軍に附随した。呉が出師するときは、越はかならず援兵をだすというのは、夫差に命じられたわけではなく、句践独自の意向による。越がかならずそうするとなれば、いつ呉軍が北伐をおこなうかが呉から伝えられるので、句践は居ながらにしてそのときがわかることになる。それは句践の秘策のひとつであるとみなせぬこともないので、

——越王には深意がある。

と、范蠡は感じたが、あまり想念をさきまわりさせないことにした。むろん、子西には、越のこまごましたきまりや国力の回復のしかたを語る必要はない。子西もそれについては問わず、もっぱら関心を夫差にむけた。

「尊大さは、愚かさの表れであるともいえる。それがわからないから、よけいに夫差は愚かな王である。近くに伍子胥がいても、それか……。伯嚭は有能だが、定見がない。争臣にはけっしてなれない」

子西は遠くから呉の君臣のありようをそう看ていた。

——あたっている。

范蠡は内心うなずいた。

翌日、范蠡と従者は祭林邸へ移った。

祭林のもとにいるはずの湖嬋は、終日姿をみせず、范蠡はそれについて訊かなかった。夜、范蠡とふたりだけになった祭林は、

「あのかたは、ここにはおられません。これからは仙女となって、天空を飛翔してもらうことにしました」

と、戯言ともつかぬことをいった。苦笑した范蠡は、

「それは、うらやましい。われは、これからも、地を這うような生きかたしかできぬ。天地のひらきがあれば、もはやめぐりあうこともあるまい」

と、おだやかにいった。しかし、そういった直後に、胸を寒風が吹きぬけたように感じた。猛烈にむなしさに襲われたといったほうがよいかもしれない。

帰国のための船も、祭林は用意していた。ただし祭林はその船には乗らない。

三日後に、津まで見送りにきた祭林に、范蠡は頭をさげた。

「なにからなにまで世話になった。礼をいう」

「半分は商売でやったことです。礼にはおよびません。越王のご高配によって、越で

の交易(こうえき)が正式に許可されました。それにより、一年に一度はわが家の船が会稽へゆくことになります。またの拝眉(はいび)を楽しみにしております」

祭林はここでは范蠡に語(つ)げなかったが、呉では、国内の賈人がおこなっていた交易を全面的に禁止した。政府が交易権を専有した。

――呉はおもしろくない。

そうおもっていた祭林に別の道がひらかれたのである。

「こんど会ったら、仙女のうわさをきかせてくれ」

范蠡は船に乗った。

とたんに、むなしさがよみがえった。范蠡の心身に春の暖かさが染みてこなかった。天空をみあげて、鳥の影をみつけると、ため息がでた。こういうやるせなさにさいなまれる自分があることにおどろいた。

往きとちがって復(かえ)りは早い。漢水にしろ江水にしろ、くだってゆくだけなので、船人たちの力漕(りきそう)を必要としない。汗ばむような気温にならないうちに会稽に着いた。まっすぐに王宮にむかい、句践に復命するつもりであったが、宮門にはいると、すぐに屈芝(くつし)が走ってきて、

「王はおでかけになっておられます」

と、范蠡におしえた。やむなく范蠡は正夫人に謁見して、報告をおこなった。あいかわらず正夫人はじみな衣(い)を着ている。自身で織(お)った衣であろう。句践と太子も正夫人の手織りの衣服を着用している。

――倹約(けんやく)の鑑(かがみ)だな。

その徹底した節約ぶりには感嘆するしかない。

正夫人からねんごろに慰労のことばをかけられた范蠡は、退室すると、大夫種(たいふしよう)をさがして面会した。

「王はどこにおられるのか」

「今日は、粥(かゆ)舟の日なので、夕方までお帰りにならぬ」

大夫種はすこし笑った。

「粥舟……、なんのことか」

「今年から王は、みずから舟で粥をはこび、遊んでいる子どもをみつけると、粥を食べさせることにした」

まさか、と想うようなことであるが、事実であった。夕方、側近を従えて王宮にもどってきた軽装の句践は、宮門のほとりで范蠡をみつけると、

「あっ、事は、無難にすんだようだな」

と、目を細め、その場で報告をうけた。王の威厳をぬぎすてたような軽捷さで臣下に接するその態度は、かつてないほどの親昵に満ちていた。

——王はご自身を変えようとなさっている。

というより、句践は人格の幅と深さをいっそう大きくしようとしている。この努力の根底には、呉の宮殿で嘗めた辛酸がいかに屈辱的でつらいものであったか、その忘れがたい痕跡があるにちがいない。

つねに句践に随従している側近のひとりが范仲卓であるので、あとで句践の行動についての詳細を話してもらった。

「王は粥を食べさせた子の名を、かならずお訊きになります」

「それは——」

おどろくべき発想であるといえよう。句践は人口を増やすための政策として、新法を制定した。

女子が十七歳になっても結婚しない場合、その父母を処罰する。男子が二十歳になっても娶らない場合も、父母を処罰する。そういう法である。せっかく生まれた子がすこやかに育たなければこまるので、子が生まれた家にはもれなく祝いの飲食物を与え、さらに句践自身が国内を巡って子どもに粥を食べさせているのである。その際、句践がじかに名を訊くことによって、たがいに親近感が生じ、十年後に兵となる男子の王への忠誠心は、他国の兵とはくらべものにならないほど強くなるであろう。いわば句践は国民を家族化しようとしている。

ところで、十年といえば、句践は帰国してすぐに、

「今後、十年、無税とする」

と、宣べて、国民を大いに喜ばせた。むろん王室には蓄えがあり、それをとりくずしてゆけば、十年間はなんとかなる、という句践の計算であったろう。

――国民を富ませるのが先だ。

句践が考える富国の手段とは、それであった。

「粥舟のことはわかった。つぎの粥舟の日には、われも王に随従したいが、どうだろうか」

と、范蠡はいってみた。

「あっ、それは――」

范仲卓は軽く手を左右にふった。句践が多数の従者を率いていると、子どもは怖がり、親が恐縮するので、数人の側近しか従えないことになっているという。

「では、ほかの日に、王が外出なさるとき、われも随行したい。はからってくれ」

句践がどのように民に接しているのか、自分の目でみたい。諸外国をながめてみて、一国の君主が民にこまやかな気づかいをした例はあるかもしれないが、句践ほどの人はかつていなかったであろう。

半月後に、

「王が外出なさいます」

と、范仲卓に告げられた范蠡は、馬車に飛び乗って追いかけた。道は初夏のひざしで明るかった。

着いたのは、喪中の家である。その家の長男が急死したらしい。句践はその会葬にでて、その家の家族とともに哭(な)き、埋葬(まいそう)の手伝いをした。みずから葬穴(そうけつ)を掘る句践の後ろ姿を視(み)た范蠡は、

——そこまでなさるのか。

と、戦慄(せんりつ)した。その姿は、范蠡が知っている句践のそれではない。喪中の家は、名家でも権門でもなく、庶民の家である。

埋葬を終えて帰宅すると、句践は失意の両親に声をかけてなぐさめ、

「働き手を失ったのだから、三年間、賦役(ふえき)を免(めん)じよう」

と、いった。この賦役は、夫役(ぶやく)といいかえたほうがよいかもしれない。労働奉仕の

ことである。

范仲卓は范蠡の耳もとで、

「次男以下の男子が死ねば、賦役の免除は三か月です」

と、ささやいた。

むろん句践は范蠡が追ってきたことを知っており、屋外にでてもすぐには馬車に乗らず、范蠡にむかって手招きをした。が、句践は無言で、そのまま歩き、すずやかな音を立ててながれている細流のほとりで腰をおろした。その背に、柳の枝の影が揺れた。

側近があわてて敷物をさしだしたが、句践は、要らぬ、といわんばかりの手つきをした。

范蠡も地に坐った。

「われは民のひとりも失いたくないのに……、悲しいことだ」

句践のことばには湿気(しっき)がある。

「お察しします」

「みての通り、われはしばしばでかけるので、なんじは大夫種とともに政務に専念してもらわねば、こまる。向後、われに随行するのは、やめよ」

「失礼いたしました」

「そういえば、なんじが呉軍に従って鄫まで行った際、殺されそうになったそうだな。なんじを亡き者にしたがっている呉の王族か貴族がいるとすれば、なんじにわが国の兵を率いさせて呉軍に附随させることはせぬ。安心せよ」

「ご配慮、かたじけなく存じます」

「まもなく諸稽郢が帰ってくる。呉軍の北伐の実情がわかる」

そういってから目をあげた句践は、

「天は遠いな」

と、小さな嘆息をまじえていった。

——なんのことか。

天空といわず、天といったところに句践の真意が微かにみえたとおもった范蠡は、

「いまは、地と人のみをごらんになるべきです」

と、いってみた。

「そうか……、そうだな」

「事を制する者は、地にのっとる、といわれています。人を養うのも、地なのです。天はおのずと至るものであり、引き寄せようとしても、けっしてこないものなので

す。どうかそのときまで、辛抱強くお待ちください」

しばらく黙考していた句践は、

「そうにちがいない」

と、にわかに強くいって、起ち、われは地に教えを乞いつつ民を養いつづけよう、とさらに声を高くしていった。

この日から二十日後に、諸稽郢が五百の兵とともに帰還した。かれは句践に復命したあと、范蠡の顔をみると、近寄って、

「無益な戦いであった。呉軍は魯の首都から遠くないところまで進出したのに、攻めきれず、けっきょく講和した。みかけとはちがい、呉王は勇気のない王かもしれぬ。その王に率いられている呉軍は、先王のころの強さはない」

と、いいながら、顔の汗を拭いた。

外征にかかる費用は莫大である。それゆえ呉の孫武は、戦うのであれば、かならず勝たねばならない、といった。夫差はかれが書いた書物を読んでいないのではないか。なんの益もない遠征をくりかえしてゆくうちに、呉の国力は衰減してゆくにちがいない。

――十年以内に、呉にはかならず破綻が生ずる。

天がその時を句践に告げるのは、いつになるのか。戦うのであれば、かならず勝たねばならないのは、句践にもおなじことがいえる。

邗溝

呉王の夫差にとって、偉大な先王である闔廬は、どうしても超えなければならない存在であった。

たしかに闔廬は、いったんは大国の楚を滅ぼしたものの、越には手を焼いた。みかたによっては、楚兵よりも越兵のほうが勁悍であった。その難敵である越軍を、夫差は痛撃して、大破したのである。越王の句践を会稽山に追い詰めたが、殺さず、講和をゆるした。そのことによって天下に自身の寛容と大度を示したつもりであり、自国に引き揚げた夫差は、

――もはや闔廬に比肩できた。

と、自己を甘く評定した。

あとは中原諸国を軍事力で艾ってゆけば、闔廬を超えたことになろう。しかしなが

ら、たやすくなびくはずの陳のような小国でも、楚を後ろ楯にして、しぶとく抗戦した。魯は陳より大きな国ではあるが、その兵力に特長がないはずなのに、晋を恃んで必死の構えを示した。魯軍は夫差の寝所を急襲する計画を立て、勇猛な兵を七百人集め、さらにそのなかから選り抜いた三百人の決死隊を編制した。このうわさが夫差の耳にとどいたため、おびえたかれは一夜に三度も寝所を移した。魯軍の手強さを知った夫差は、魯に講和をもちかけてから、帰途に就いた。

中原の平定は一朝一夕にはできないとおもいしらされて帰国した夫差のもとに、斉の悼公の使者がきて、

「わが国と共同して魯に攻め込めば、魯を降伏させることはたやすいのです」

と、出兵を要請した。

東方の大国である斉を、いつか攻め取ってやる、とかねがねおもっている夫差は、その誘いには乗らなかった。

すると斉は、手のひらをかえすように、魯と盟いあった。

翌年の春に、悼公の使者がきて、

「どうか、出兵の件は、お忘れになってください」

と、いった。

「ふざけるな」

と、怒鳴りたいところではあるが、夫差は感情の沸騰をおさえて、

「去年は、出よ、といい、今年は、出るな、という。どちらに従うべきか、さっぱりわからぬ。いっそ、こちらから出向いて、斉君のご意向を直接にたしかめよう」

と、皮肉をまじえていった。斉に出向く、ということは、北に兵馬をむけ、軍を率いて斉国を侵し、国都までゆく、ということなので、一種の恫しである。

「その際は、国境までお出迎えいたしましょう」

と、いって一礼した使者は、内心、冷笑した。

――南蛮の王の誇大妄想にはあきれる。

いまにおのれの小ささがわかるであろう、と唾を吐きたい気分で、ひきさがった。

坐ったまま目を瞋らせていた夫差は、近くにいる伯嚭に、

「邗溝は、どうなっているか」

と、不機嫌さをひきずったまま問うた。

邗溝については、まえにいちど書いた。江水と淮水をつなぐ長い水路で、おもに軍事的使用のために造られている。これが完成すれば、軍船の進退は飛躍的に速くなる。

「今秋、竣工の予定です」

「おう、そうか。ついに、できるか」

夫差は颯と気色をあらためた。外海にでることなく、朱方の対岸から邗溝を北進して淮水にでることができれば、魯の国都までつながっている泗水にやすやすとはいることができる。泗水の支流には睢水があり、この川を西進すれば、宋の国都である商丘に到る。水路のひろがりは、夫差の志望のひろがりを助長した。

「北伐は、邗溝ができてからだ」

「それがよろしゅうございます。今年は兵を休ませましょう」

伯嚭は多少の危惧をもっていた。昨年、魯を攻めたのは春で、農繁期である。農家の働き手が兵となって家を空ければ、当然、稼穡が貧弱となる。それがかさなれば、国内の食料不足は避けられなくなる。それでも課税がおなじであれば、農民は苦しみ、やがて怨嗟の声を揚げる。

——北伐にどれほどの意義があるのか。

そう問われれば、伯嚭は、まったく意義がない、と答えざるをえない。実利がないからである。しかしながら、人は実利主義のもとにだけ生きているわけではない。国もおなじである。実利を取らず、実利を超えたむこうに手を伸ばす。それが志望にそった行為であり、その手がなにもつかまなかったとしても、その行為そのものが貴重である。闔廬をみればよい。この王は楚を攻めて首都を制圧したものの、けっきょく得たものはなにもない。それでも闔廬の偉業をたたえない国民はひとりもいない。夫差はその声名におよびたいのであり、できれば超越して、天下におのれの盛名（せいめい）をひろげたいのである。それがかなえば、伯嚭は、天下の輔弼（ほひつ）となる。べつのいいかたをすれば、伯嚭は伍子胥（ごししょ）を超えたことになる。

――あいかわらず、伍子胥は人気がある。

それがいまいましいとおもっている自身を、伯嚭は否定できない。

「とにかく、いちど、わが目で邗溝をみておかねばなるまい」

と、つぶやいた伯嚭は、夏になると、船の用意をさせた。そこに陳の使者がきた。陳は呉に攻められても屈しない国であったが、たびたび攻伐（こうばつ）されることを恐れ、またあらたに立った楚王が若すぎることを懸念（けねん）して、ひそかに呉に誼（よしみ）を通じようとしていた。それを楚に察知されたらしく、楚軍が陳都（ちんと）に迫ってきたという。要するに楚は陳を叱（しか）りにきたのであろう。

陳に至急の援助を求められたわけでもないので、

「わかった。大王に上聞（じょうぶん）するであろう」

と、伯嚭はあっさりいって、使者をかえした。

夫差は陳のような小国の向背には関心がうすらいでいるようで、伯嚭の報告をきいても、表情を変えず、

「放っておけ」

とのみいった。陳、邾、魯、斉など、どの国をみても信義がない。昨日におこなった約束を今日には忘れる。斉の桓公や晋の文公が諸侯の盟主であったころには、そのようなことはなかった。そう想えば、いまこそ真の盟主が必要であろう。

――真の盟主になれるのは、われを措いて、ほかにいようか。

夫差は本気である。

この気魄が邗溝を造ったといってよい。

伯嚭は夫差の許可を得て、邗溝の検分にでかけた。すでに水路は貫通している。あとは大型の軍船が通過しにくい浅瀬の浚渫が終われば完成であった。

船で往復した伯嚭は、江水にでるまえに、子乾などの属僚を集め、かれらのまえで、

「この大事業を成しただけでも、大王は垂名の人となるであろう」

と、感動をあらわにした。

ほぼおなじころに、伍子胥は御些と屯の報告をきいていた。

半月ほどまえに、御些と屯それにかれらの従者をひそかに越に遣り、越の国内を巡らせ、越王句践の治教ぶりをしらべさせた。

以前であれば、子胥の股肱の臣というべき御佐と右祐をつかったであろう。が、いまや御佐は伍子胥とおなじ六十一歳になり、右祐はさらに上で、六十三歳となった。もはやふたりとも老臣といってよい。それゆえ、足腰がしっかりしているかれらの子をつかったのである。ただし屯より年齢の下の御些でも三十代のなかばをすぎた。歳月が経つのは、流水のごとくはやいというしかない。

帰ってきた御些と屯は口をそろえて、

「越王の恤民のありようは、おどろくべきものです」

と、述べた。まず、越の賦税は信じられないほど軽い。課税は十年間まったくない。労働奉仕である賦は継続されているが、呉のように運河造りの重労働にかりだされることはなく、農閑期に、道路の整備や橋のかけかえをおこなうといった、いたって軽いものである。句践は宮城の修築などにいちども民をつかったことはない。

「もっとおどろいたことがあります」

と、屯はいった。

「ほう、それは——」

南からながれてきたうわさは、根も葉もないことではなかった、と伍子胥は内心驚愕している。呉の国内の農民は、越は無税のようだから、越へ移住しようか、とささやきあっているらしい。交易商人も、交易がさしとめられたので、本拠を国外へ移すことを模索している。朱方の豪商である朱角はいちはやく子の朱梅を会稽へ送り、一家を建てさせた。出遅れた彭乙家はいま苦しんでいるであろうが、伍子胥の力ではどうすることもできない。

「越では、出産の近い者が官衙にとどけると、公医がその家にでむいて分娩を助け、もしも二つ児が生まれると、政府がその家に食料を与え、三つ児が生まれると、乳母までさしむけるのです」

「越王は、そこまでしているのか」

伍子胥は慄然とした。句践が民を富ませ、人口を増やそうとしていることは、あきらかである。しかも、想像を絶するやりかたで、それを実施している。

——なんのために……。

伍子胥は句践の怨みの深さに想到した。伍子胥自身も、父と兄を誅した楚の平王への怨みを忘れず、ついに復讎をなしとげた。句践においても、夫差への怨みの深さはそうとうなものであろう。そうであれば、句践はいつかかならず復讐にくる。いまの過度な善政は、復讐の準備段階であるとみるべきであろう。

右祐と御佐を近くに招いた伍子胥は、

「呉にとって越がもっとも危険な国であることを認識する者が、たれもいない。王が北をむけば、王族と群臣もそろって北をむく。南をむいているのは、われだけだ。さて、どうしたものか」

と、諮った。

「主が大王への拝謁を願いでると、かならず大宰にさまたげられる、ときいています。しかし、目下大宰は邗溝の視察をおこなっており、大王の聴政の輔佐は王子姑曹どのがおこなっています。姑曹どのには高い見識があると推察していますが……」

と、右祐がいった。

「よし、それなら」

肚をくった伍子胥は、翌日、参内して姑曹に会った。

「大王に面謁したい。とりはからってもらいたい」

「あっ、それは、なりません」

「なにゆえに」

「大王は、昨日、五湖のほとりの離宮におでかけになりました。ひと月はおもどりになりません」

「吁々……」

伍子胥は嘆息した。越王は夏の盛りにもかかわらず、汗をながしながら国内を巡回して、民をいたわっているというのに、呉王は妃妾をともなっての避暑である。

「姑曹どの、われには大いなる懸念がある。それを直接に大王に申し上げるつもりで参内したが、大王はご不在だ。せめて、貴殿にだけは話しておきたい」

伍子胥は屯らが越で見聞してきたことをのこらず語った。きき終えた姑曹は、

「まれにみる善政ですね」

と、感心した。

「越王を称めてもらってはこまる。大いに恐れるべきだ。十年間も無税で、王室が立ちゆくはずがない。ふつうはそう考えるが、越王はやりぬこうとしている。そのためには、越の王室は庶民の家とかわらないほど質素にしなければならぬ。そんな王が、往時、どこにいたか」

夫差に信頼されている姑曹が、越王の下心に気づいてくれれば、夫差の意識にも変化が生ずるはずである。

だが姑曹は表情を変えなかった。

「子胥どの、それを大王に逐一申し上げたところで、越王はけしからぬ、と仰せになるでしょうか。越王は呉軍が出陣する際に、かならず援助の兵を送ってきますし、多くはありませんが、軍資を提供してくれます」

「ふむ、越王は策の多い王だ。それも策のうちとみれば、こちらは援助をことわるべきだ。いま両国の境に戍兵は置かれていないが、かつてあった監視のための塞を復活させるべきではないか」

姑曹は身をそらして笑った。

「はは、とてもむりです。越は協力国なのですよ。不穏な動きは、まったくないではありませんか。失礼ですが、子胥どのの懸念は、わたしには妄想におもわれます」

良識をそなえた姑曹でさえこれか、と伍子胥は失望した。ほかの王族や大臣を説いたところで、辟言とみなされるだけであろう。鬱々と宮城をあとにした伍子胥は、車中で長大息した。

御者の屯が、眉をひそめて、伍子胥をみつめた。

「屯よ、われには越の兵にとり囲まれた宮城がみえる。われひとりにしかそれがみえないのは、なにゆえであろうか」

伍子胥の声が寂々と屯の胸に滲みてきた。

――いつか呉は越に滅ぼされるということか。

いちど唇を噛んだ屯は、おもいきって口をひらいた。

「上古、淫湎の王である殷の紂王をたびたび諫めた微子啓は、とうとう絶望して国を去りました。しかし比干は、臣たる者は死をもって諫争しなければならぬ、といって国にとどまり、ついに紂王に殺され、からだを裂かれました。わたしはそうきいたことがあります。主は微子啓なのでしょうか、それとも比干なのでしょうか」

「なんじは故事を学んでいるのか。称めておく。微子啓は紂王の庶兄だ。が、比干は紂王の兄弟ではない。われは呉王のなんであるか。答えは自明であろう」

屯にむかっていったことばが、伍子胥に強くはねかえってきた。

孫武とともに闔廬を輔けて強大にした呉を、繁栄させるのも、滅亡させるのも、夫差の意識ひとつである。たしかに伯嚭は佞臣であり、夫差を誤った方向へ導こうとしているが、伯嚭を追放したところで、夫差の意識が変わらないかぎり、第二、第三の佞臣が出現するだけである。

夫差は自身の足もとを視ずに、幻想のなかにいる。それを気づかせるために、臣下が直諫するには勇気が要る。死を覚悟して夫差を覚醒させる。それしかない。そういうときがかならずくる、と伍子胥は深刻に予感した。

――われは死ぬのか……。

たとえそうなっても、家族と家臣を死なせたくない。死ぬのは、われひとりで充分だ。とにかく、なにもせずに呉の滅亡を視てから冥府へ徂ったら、闔廬と孫武に会わせる顔がない。

「屯よ、なんじの春秋を戦渦に埋没させるようなことはせぬ。なんじは微子啓の従者となるがよい」

そういって伍子胥は馬車をださせた。

この日から五日後に伯嚭が呉都にもどってきたが、夫差は夏が終わるまで離宮にとどまっていた。

秋、邗溝の竣工の報せに接した夫差は飛びあがらんばかりに喜悦し、すばやく宮城に帰ると、伯嚭をねぎらうまもなく、

「邗において、祝典を催す」

と、いい、群臣を集めさせた。夫差はかれらにむかって、

「邗溝の完成は、呉にとって大いなる伸張となる。霸道が拓かれたのである。十年後には、呉が天下の盟主国となるであろう」

と、高言した。それから千人ほどの臣下を従えて呉都をでた夫差は、江水を渡り、対岸の邗に到った。邗は城壁のある邑であるが、おもに兵が常住しているとすれば、城といったほうが正しい。そこにはいった夫差は、水路のふちに祭壇を築かせ、水中に璧を沈めてから、壇上で禱った。千数百人の臣下が参列した盛典である。

城中で一泊した夫差は、従者を三百人ほどに減らして、邗溝を往復することにした。

水路を北上する船に乗った夫差は、出航するや、

「このなめらかさは、どうだ」

と、満悦した。船は鏡の上をすべるようにすすんでゆくではないか。外海を航行するときとはちがって、風向きも気にならない。ひとつ懸念があるとすれば、

――冬に、この水路は、氷で閉ざされるのではないか。

ということである。それについて夫差は伯嚭に問うた。伯嚭は即答した。

「厳冬はつかえません」

「そうか……」

夫差は自分を愚弄する使いをよこした斉の悼公を伐つ気でいる。

――冬の出師はむりか。

淮水に到って引き返した夫差は、

「来春、斉を伐つ。冬のあいだに魯に使いを遣る。魯は斉と同盟したらしいが、われが動けば、魯君はかならずわれに従う」

と、伯嚭にいい、自信をみなぎらせた。

昔から魯と斉は争いをくりかえしてきた。むろん同盟したこともしばしばあったが、ほんとうに信頼しあって歩調をそろえたことはいちどもないといってよい。魯が姫姓の国であるのにたいして斉は姜姓の国である。姓のちがいは民族のちがいであると想ってもかまわない。その点、呉は姫姓をもち、魯と同姓である。魯は呉に歩み寄ってくると夫差が予断したのは、血胤の源がおなじだからである。

冬のあいだに、夫差が使者を送ったのは、魯だけではない。郯と郳という小国にも、春の出師を予告し、呉軍に加わるようにうながした。

新年になり、寒さがゆるむ正月下旬に、

「いざ、斉へ——」

と、夫差は軍旅を催した。すでに五百の越兵が呉都に到着している。その将は皐如である。それをみた夫差は、

「越君はものがたいことだ」

と、満足げであった。

邗溝が開通したため、呉軍の北上は従来の数倍も速くなった。軍船は淮水にでると、西進し、すぐに泗水にはいった。泗水を遡行すると、支流の沂水がある。なお、沂水とよばれる川はほかにもあり、魯の曲阜の近くをながれる川もそうよばれているが、むろん、それとこれとは別の川である。この沂水をさかのぼってゆくと、東岸域に郯がある。郯君の出迎えをうけた夫差は、長い休憩をとらず、郯君とその師旅も従えてさらに北上した。

「そろそろ斉の国境か」

と、いった夫差は、兵を上陸させて、西へすすませた。会同の地に到った夫差は、そこで魯君と邾君を待った。

まもなく三月になろうとしていた。大遠征である。

——斉を攻めることに、どのような意義があるのか。

と、懐疑し、軍資の浪費にすぎない、と痛心をかかえていたのは、伍子胥ひとりであった。

魯君と邾君が師旅を率いて到着した。これで四国の連合軍が形成された。夫差のわずかな懸念は、魯君すなわち魯の哀公がくるか、どうか、ということであったので、

魯軍の赤い旗をみたとき、

——よし、これでこの遠征は成功する。

と、確信した。会盟後、すぐに夫差は鞭をふりあげて北を指し、

「征くぞ」

と、全軍に号令をくだした。

ほどなくこの連合軍は斉の国境を侵した。すでに斉軍は南下しているはずであるから、六、七日後には、視界に斉軍の旗が出現するであろう。

——どこが決戦の地になるのか。

夫差は伯嚭が作った地図を睨むようにみた。

大軍が衝突する場合、そのまえに川をはさんで対陣することが想定される。

「大きな川に近づいたら、かならず偵騎をさきに渉らせて、対岸をさぐらせよ」

夫差はそう伯嚭に命じた。自軍が川を渡渉しているさなかに、対岸に伏せている敵軍に急襲されると、一気に不利となる。

五日後に、

「敵の兵車がきます」

という急報をうけた夫差は、全軍を停止させた。予想よりも斉軍の出現が早い。い

よいよ決戦か、と心身をひきしめた夫差は、すばやく陣を構えさせようとした。ところが、やってきたのは、たった二乗の兵車で、斉の使者がそれに乗って急行してきたということであった。

首をかしげた夫差は、

「どういうことか。まさか斉君は一戦もせずに、われに降伏するというわけでもあるまいに」

と、伯嚭に問うようなまなざしをむけた。

「講和のための使者でしょう」

それしか考えられない。

「講和は、せぬ」

夫差は断言した。斉の悼公が降伏し、服従するというかたちをとらないかぎり、なまぬるい停戦に同意するつもりはない。

斉の使者が呉の軍門を通り、帷幄（いあく）をくぐって、夫差のまえに坐った。

「呉の王に申し上げます。わが国の君主はにわかに逝去しました。あなたさまへの先年のご無礼を、深謝（しんしゃ）いたします」

「なんと――」

悼公がこんなときに急死するとは、と夫差は困惑した。使者は悼公の訃報をもたらしただけで、去った。

「なんと、なんと」

夫差は烈しく起って、いらいらと歩きまわり、そうくりかえした。が、急にふりむくと、

「あれは、まことか」

と、伯嚭の意見を求めた。斉の使者にあざむかれたのではないか。

「ここで大王をあざむいたら、どうなるか、斉の大臣どもは知っておりましょう。ただし、斉君の死は、斉にとって都合のよすぎるものです。もしかすると、斉では、大臣どもが共謀して、斉君を弑して、戦いを避ける口実をつくったのではありますまいか」

「なんと——」

そこまでするか、と夫差は信じられぬように唸った。

伯嚭の推理は正鵠を射ていた。

このときの斉の正卿は陳乞である。斉では、長い在位期間をもつ景公が薨じたあと、内乱状態となり、そのなかで景公の子のひとりである悼公を擁立して混乱を鎮め

たのが陳乞である。だが、この君主はいたずらに呉王を刺戟して、戦いの火種をつくった。

——国のためにはならぬ君主だ。

その存在を消去すべく、ひそかに弑逆を指示したのが、陳乞を措いてほかにいるはずがない。

「そうか、哀れよな……」

夫差は軍門の外にでて、三日間、悼公のために哭礼をおこなった。

国民までも喪に服した斉の国を攻める気になれない夫差だが、すぐに撤退をおこなわなかった。じつは斉を攻略するにおいて、陸と海から同時に攻めるという策戦を立て、実行した。外海をすすんでいる海軍の将は徐承である。その軍の成否がわかるまで、陸の軍を動かすわけにはいかなかった。が、やがて徐承の軍が上陸を敢行したものの、斉兵に撃破されたと知って、夫差はようやく連合軍に解散を命じ、自軍を引き揚げさせた。

「むだの極みとは、このことだ」

帰途、兵車のなかの伍子胥は、御者の屯にそういい、沈思しはじめた。

属鏤の剣

　隊長として任務をまっとうした皐如が、五百の越兵とともに、会稽に帰ってきた。郊外で兵を解散させたかれは、まっすぐに宮城へむかい、王宮にのぼって、越王句践に報告をおこなった。

　句践はその報告を、大夫種、范蠡、諸稽郢にもきかせた。国王の左右に首相と内務大臣それに外務大臣がいる光景を想えばよい。ときどき句践がまなざしをそらしたのは、思考を深めようとしたためであろう。報告をきき終えた句践は、眉宇をあえて明るくし、

「全員がぶじに帰還できたのは、なによりである。よくやってくれた」

と、皐如にねぎらいのことばをかけ、帛をさずけて、退室させた。このあと、三人の席を移動させて、眼前にならべた。三人が着席すると、まず大夫種を視て、

「呉（ご）は、陸軍だけではなく海軍もつかって、斉を攻略しようとした。呉王の覇気（はき）はすさまじい。今年、徒労に終わったとなれば、かならず明年、斉を攻める。そうではないか」

と、いった。

「かならず、そうするでしょう」

大夫種はうなずいた。ただし呉王夫差がなぜそれほど斉を攻め取りたいのか、わかったとはいえない。斉にたいして呉が旧怨をもっているなどとはきいたことがない。急死した斉の悼公が、生前、夫差を弄玩するような外交をおこなったらしいが、それが全力で斉を攻撃するほどの怨みの種になったとは考えにくい。

「すると――」

句践は自身の膝を軽くたたいた。

「呉都は空になる。斉は国情が不安定であるにせよ、なにしろ大国である。斉軍が呉軍にたやすく敗れることはない。おそらく、戦いはながびく。しかも戦場は呉都のはるか北だ。呉軍がいそいで帰還しても、ひと月はかかる」

そのひと月のあいだに、句践は呉都を急襲して陥落させてみせる、と暗にいっている。

だが、大夫種は句践の意望と発想を推知しながらも、

「明年、軍旅をだしましょう」

とは、いえなかった。その出師が成功しなかった場合、ほんとうに越は滅亡してしまう。国家の命運を左右する発言はつつしむべきであった。

范蠡と諸稽郢も口を閉じたままである。

この沈鬱な空気にすこしいらだった句践は、

「われは多くの民に接してきた。ちかごろかれらは、われにむかって、先年うけた恥辱を王はいつ雪いでくれるのか、というようになった。民の願いをかなえるようにつとめるのが、王というものではないのか」

と、いった。それは句践の作り話ではあるまい。越の国民は以前にもまして句践を敬仰するようになり、句践が呉王よりうけた恥辱をわがことのように感じ、呉を讎視するようになった。それは范蠡にもわかるのだが、手段が悪い、とおもった。猛禽類の空き巣を狙うような急襲である。呉王と呉軍は天空を飛ぶような速さで帰ってくるのではないか。

句践の目が范蠡の発言をうながしている。なんじであれば、われに同意してくれるであろう。その目は、そうもいっている。

――だが、ここでの賛意は……。

この王を二度と復活できない荊棘の道へすすませることになろう。いまは、この王の性急さをやわらかくたしなめるしかない。そうおもった范蠡は、

「呉国と呉王は、満ちたのでしょうか」

と、謎をかけた。

「満ちる……。ああ、月のごとくか……」

ほかに思考をめぐらせただけ、口調に落ち着きがでた。

「さようです。月は満ちれば欠けてゆきます。国も、人も、おなじです。斉に勝って、はじめて呉王は満ちてゆきますが、それでも充ち足りてはいないでしょう。王の目に、呉国と呉王が満月のように映ったとき、天の時が至ったのであり、地の利に推されて、出師なさるべきです」

空いた呉都を急襲することが、卑怯なふるまい、と諸侯にみられると、句践は非難され、たとえ呉に勝っても、孤立してしまう。苦境にある呉を援ける国が出現するかもしれない。そうならない形勢があってこそ、句践の復讎は正当化される。要するに、国民をまきこんだ戦争は、句践の個人的な復讎で終始することはないので、天下の動静さえ観ておこなわなければならないということである。

「それまで、待て、と申すか」

句践は膝をゆすった。呉王に復讎する好機を待ちつづけてきた句践にとって、一年が千秋(せんしゅう)のように感じられるであろう。

明年の出師には危うさがある、とおもっていたのは、諸稽郢もおなじであったらしく、

「明年、呉王が遠征にでかける際には、五百の越兵を遣(や)るのではなく、王ご自身が呉都にでむかれて、呉王と呉軍を盛大に祝われてはいかがですか。呉王は豪気な人ゆえ、王も豪気さをおみせになったらよろしい」

と、嫖(かる)くいった。

とたんに句践は苦笑した。ふくらみすぎていた情念が、諸稽郢のおもいがけない発想によって、穴をあけられたようで、平常心にもどった。

眼前にいる三卿(けい)は、句践が明年に出師することにそろって反対している。先年、湖を渡って呉都を急襲するという奇策は、句践がみずから立て、側近だけをつかって準備をおこない、実行したところ、大失敗した。策におぼれた、というしかない。その反省から、つぎに呉を攻めるときは、大臣たちに諮(はか)り、かれらの意見の一致をみてからにする、と決めた。三卿の見識は、句践にとって客観といってよく、その客観を否

定しておのれの主観をおしすすめるつもりはない。

「よく、わかった。そうしよう」

句践は気分をあらため、三卿をさがらせた。

なるほど、呉王を盛大に祝って、大満足させるのは悪くない。それも策のうちであれば、もうひと工夫が要る。そう考えた句践は、秋になると、商人の朱梅を宮中に呼び寄せて、

「来春までに、できるかぎり多くの牛、羊、豕を集めよ」

と、いいつけた。これは密命というわけでないので、王宮をでた朱梅は范蠡邸に立ち寄り、范蠡に会って、

「王の奇想によって、明年は、おもしろくなりそうですよ」

と、語げた。朱梅は宝楽家と范季父家にも往って、助力を求めるという。

——王は策をひとひねりなさるのか。

范蠡は心中で笑った。もともと策は常識からはみだした創意をいうが、句践はその創意にとどまらず、人の目をくらます盤屈をほどこす。句践の心機の癖といってよい。

年があらたまってすぐに匋太と飛弇が、

「わが国をさぐっている者がいます」

と、報せにきた。その者たちは変装をした間諜ではなく、どこかの家中の者であり、とくに国境のあたりを念入りにしらべている。

腕組みをした范蠡は、

「かれらは伍子胥の臣下にちがいない」

と、いった。国境に異変があるとすれば、そこに越兵を籠めるための塞が建つということであり、その工事をみれば、越王の叛意をみすかすことになる。だが句践は国境をあえて無防備にして、警備兵も巡回させていない。

――呉には、伍子胥がいる。

呉の英雄である伍子胥は、夫差に敬遠されているというけはいがつたわってくるが、その目は曇っていない。おそらくかれだけが句践の真意をみぬいている。伍子胥の警戒心を解くためにも、今年の出師をとりやめてよかった、と范蠡は自分のうなじをたたいた。

二月の下旬に、

「斉が魯を攻めた」

といううわさを耳にした范蠡は、まっさきに諸稽郢にたしかめた。

「訛伝ではない。十日以内に、呉王の使いがくるだろう」

諸稽郢はそういい切った。

はたして七日後に、呉王の使者が到着した。その使者を鄭重に迎えた句践は、呉が魯を援けて斉を討つときいて、

「うけたまわりました。今回は、臣下ではなく、わたしが呉都へ参ります」

と、いって使者をおどろかせた。

数日後、句践はわずか三十人の臣下を従えて会稽を発った。

国境にとどまって越の動静をうかがっていた伍子胥の臣下は、句践が国境にさしかかったことを知り、そのようすを熟視して驚愕し、飛ぶように呉都にもどって報告した。

「吁々……」

大息した伍子胥は、しばらく虚空をみつめていたが、意を決したように、近侍の者にいいつけて、重臣を集めさせた。

半時後に、伍子胥のまえに坐った重臣は、右祐とその子の屯、御佐とその子の御些、杞尚とその子、徐伏とその子、陽可とその子、傀とその子、褒羊とその子などである。ここには、徐伏の兄である徐初と千里眼の朱毛の顔がない。ふたりはすでに病

歿した。朱毛は伍子胥に仕えたときに四十代であったから、この年まで生きていれば八十代ということになる。徐初は三十歳から伍子胥に従い、七十歳になるまえに歿した。

伍子胥は横に自分の子の伍豊を坐らせ、

「さて――」

と、みなを視た。伍豊でさえすでに三十代のなかばをすぎている。歳月が伍子胥とその家臣団を充実させ、また老いさせた。

伍子胥の話の内容がそうとうに深刻なものであることを予想したみなは緊張した。

「越王が呉の出師を祝いにくる。その祝いかたは尋常ではない」

句践自身は三十人ほどの従者しか率いていないが、そのうしろに延々と輜重車がつづいている。輜重車の列は、先頭が国境にさしかかっても、最後尾は越都を発っていないほど長い。その車には、当然のことながら、軍需物資が積まれているが、おびただしい数の豕も車に乗せられてはこばれている。それだけではない。牛と羊が車とともに移動していて、その数は算えられないほど多い。それらはすべて呉王と呉軍への贈り物にちがいない。

「これが越王の策謀でなくて、なんであろうか。じつは越王は、呉王よりも欲望が大きく、しかも狡猾である。夫椒の戦いから十年が経った今年、呉軍が遠征にでたあとの呉都を襲うために、越王はかならず兵を動かす、とわれはみた。しかし越王は逆の手をつかい、呉の王と兵を大いに喜ばせようとしている。越王が兵を率いてくれば、防ぎようがあるが、穆々とやってくるものは、防ぎようがない。越王のみせかけの祝儀を、呉王がうけとって斉の攻伐にむかうようであったら、呉は滅亡の淵へ墜ちてゆくだけになる」

ここまですこし早口でいった伍子胥は、一呼吸して、口調をゆるめた。ただしその口調には、沈痛の色がより濃くなった。

「それがわかっているのが、われだけであれば、われは出師を止めるために、呉王にじかに諫言しなければならぬ。その言がしりぞけられると、十年のうちに呉都は越兵に囲まれて戦場となる。当然、呉は劣勢のまま衰滅してゆくであろう。そういう愚かな戦いに、ここにいるつぎの世代の者を参加させたくない。そこで――」

と、伍子胥は意中の秘計をあきらかにした。

このたびは伍豊を従軍させず、自家に残す。重臣の子もおなじように残ってもらう。北進した呉軍が斉軍と戦ったときいたら、残留の者はひそかに呉都をでて、斉へ奔る。すなわち亡命して、斉の鮑氏を頼る。鮑氏は、管鮑の交わりで有名な鮑叔の裔孫であり、信用できる人物でもあるので、伍豊が伍子胥の子であると知れば、かならずうけいれて、一家を建てさせてくれるであろう。

「ひとまず父と子を別れさせることになるが、戦いが終われば、父は家族を率いて子のもとへゆくがよい」

そういった伍子胥にむかって右祐が、

「主も斉へ亡命なさるのですね」

と、強い声でいった。

「いや、われは……、すべての家臣と家族が去っても、独り、残る。みなはわれの仇討ちを助けてくれた。だが、助力してくれたのは、先王と呉という国もだ。先王の廟があるこの国を棄てて去ることができようか」

伍子胥は、独り、この地で死ぬ、といっている。そう解した右祐は、いきりたち、

「それなら、それがしは主に殉います。主がおられぬこの世で生きながらえて、いかなる楽しみがありましょうや」

と、叫ぶようにいった。それにつづいて、

「それがしも――」

と、いい、膝をにじらせたのは、御佐、杞尚、陽可、傀の四人であった。

ちょっと手を挙げてかれらの昂奮を鎮めた伍子胥は、

「われはなんじらに充分に助けてもらった。わが子の豊はまだ未熟ゆえ、なんじらに助けてもらわねばならぬ。よろしく頼む」

と、いいつつ頭をさげた。このあと、しばらく重臣たちと湿気のすくない昔話をしてから散会させた伍子胥は、褒羊だけを残した。

「なんじだけが冷静であった。なんじは孫武先生の愛弟子であり、兵法に精通しているだけではなく、東方諸国の地理にも明るい。なんじは呉都に残り、航海術に長けた干育と謀り、機をみて脱出し、若い者たちを引率して、斉へ行ってくれ」

「主よ……」

急に褒羊は涙をながしはじめた。おさえていた感情が横溢したのであろう。すでに褒羊は四十八歳である。伍子胥に遭ってから三十八年が過ぎた。この歳月には尋常ではない波瀾がふくまれてはいるが、いまとなってはすべてが豊かである。伍子胥という巨大な船に乗ってここまできたのである。が、まもなくその船からおりなければならない。伍子胥が呉王に従って北へむかえば、

――ふたたびこの人に会うことはない。

と、想うしかない。これほど残酷な想像があろうか。

褒羊は唇をふるわせたが、ことばを発することができなかった。この悲哀を癒す歳月がこのさきあろうとはおもわれなかった。

それをおだやかなまなざしで見守った伍子胥は、

「われはなんじの母からなんじを託されたが、こんどはなんじにわが子を託すことになった。これが運命というものであろう」

と、しみじみといい、褒羊の手をにぎった。

それから八日後に、呉都の郊で閲兵式がおこなわれた。すでに呉都にはいっていた句践は、上機嫌の夫差へ祝辞と貢物を献じ、この日、自分の臣下だけではなく夫差の臣下も藉りて、閲兵式がおこなわれる地へ輜重をとどけさせた。それらすべては、兵への贈り物である。武器や食料だけではなく、生きている牛、羊、豕をみた兵たちは、大いに笑い、

「われらも陣中で大牢を食べられるぞ」

と、歓躍した。

それを伍子胥だけがにがにがしく眺めていた。

わざとらしい順服のしかたに疑いの目をむけ、畏怖さえしなければならぬ存在である句践に、無防備の背をむけて北伐にむかおうとする夫差を、愚かとみるのか、人が

よいとみるのか。

上古、殷王朝の宰相であった伊尹は、太甲という王が暴戻であったので、桐宮という離宮におしこめて反省させた。三年後に太甲はみちがえるほど善良になって、王位に復帰したという。

——真の忠君愛国とは、それであろう。

伊尹の勇気に感心している伍子胥は、自分が呉王朝の執政であれば、おなじことをやってのけたであろう、とおもっている。だが、その席には諛媚の臣というべき伯嚭が坐り、遠ざけられた伍子胥が夫差を拉致できる状況ではなかった。先王の闔廬がそれに近い状況をつくったとみれば、闔廬の失政といえなくないが、闔廬の死からこの年まで、夫差を諫めた臣がひとりもいなかったことは、ふしぎというより奇怪といったほうがよい。

——天が呉を滅ぼそうとしているのか。

その天を撼かすためには、死をも辞せぬ諫止をおこなわなければならない。

伍子胥は式を終えて楼車からおりてきた夫差にむかって趨り、

「惶れながら、大王に申し上げる」

と、大声を放ち、夫差の足を止めさせた。王宮では謁見がかなわないので、ここで

いうしかない。一瞬、夫差はいやな顔をした。それでも、

「聴きたくない」

とは、いえなかった。伍子胥にはかつてみたことのないすさまじい迫力があった。夫差はその迫力に射竦められた。

伍子胥は立ったまま口をひらいた。まさしく直諫であった。

「わが国にとって、越は、心腹の疾のようなものです。地つづきなので、越はわが国を欲しております。句践がしおらしく順服しているのは、その欲を満たそうとしているからです。早い処置が必要です。もしも大王が斉に勝っても、石の多い田を獲るだけでしょう。そんな領土がなんの役に立ちますか。越が滅亡して沼と化さないかぎり、呉のほうが滅んでしまいます。医者に疾を治せと命じておきながら、疾を遺せという者がいるでしょうか。大王をおびやかす者は、容赦なく殄滅し、子孫さえ残してはなりません。それをすることなく、大事をおこなって成功するのは、至難のことです」

斉を伐つのは、越を滅ぼしてからでよい。さいわいいま句践は呉都にいる。かれを誅殺し、その子をも殺すのが、先決である。そう伍子胥は訴えた。

ひたいに青すじを立てた夫差は、いらいらと地を鞭で打った。が、ひとことも発せ

ず、地を蹴って歩き去った。

ここが伍子胥にとっても、夫差にとっても、いや呉という国にとっても、生死の境であったといってよい。

くずれるように片膝を地につけた伍子胥は、

――これから、すべてが死にむかって顛落してゆくであろう。

と、暗澹となった。

呉軍は北進を開始した。

屯にかわって手綱を執った御佐は、兵車に伍子胥を迎えて、

「大王の手がいつ剣把にかかるか、ひやひやしてみていました」

と、正直にいった。きつく諫止をおこなっても伍子胥は夫差に斬られなかった。御佐はほっとした。だが伍子胥は、

「戦いを終えて帰還したあと、わが家は取り潰されるであろう。大王はわずかな恥でもかならず酬い、怨みをけっして忘れぬ人だ。昔、聖王あるいは名君といわれた人は、臣下が諫言をおこなわないことを怒ったが、いまの世にそれほどの君主はどこにもいない。さびしいことだな」

と、いい、馬車をださせた。

呉王と呉軍が去った呉都にいた句践は、帰途につくべく、おもむろに腰をあげた。

その際、側近の范仲卓を近づけ、

「呉都の守りは、どうなっているか」

と、問うた。いちいち命じなくても、賢俊な范仲卓は留守の詳細を調べていたであろう。

「太子友が王宮に残り、留守の要となっています。それを王子地、王孫弥庸、寿於姚という三人が輔佐しています。太子がみずから動かせる兵力はぞんがい寡なくて、千五百といったところでしょう。補翼の三人はそれぞれ二千五百の兵をもっているはずですから、合計で、九千の兵力です。かれらが至急の徴兵をおこなえば、二、三千人は集まるでしょう。これらの兵を加えても、一万五千にはとどきません」

　范仲卓はなめらかに答えた。

「そうか……、太子友はいま何歳かな」

「正確にはわかりません。が、呉の大王が四十歳をすぎたことを想えば、太子は二十数歳でしょう」

　君主あるいは太子は、十代で成人となるので、娶嫁も早く、十八歳までにすくなくともひとりの子を儲けている。夫差の最初の子が太子友であれば、今年、二十三、四歳とみるのが常識である。

「若いな」

句践はすこし笑った。その若さでは戦場での経験が不足しているであろう。企図を胸に秘めている句践にとっては、好都合である。

「呉王のつぎの北伐は、いつになるのか」

晩春の風をここちよく感じながら馬車に乗った句践は、たれに問うというのではなく、天に問うているようであった。

さて、北進をつづけた呉軍は五月の上旬に魯軍と合流した。魯軍を率いているのは君主の哀公である。軍の指麾を大臣まかせにしなかったことでも、魯軍の戦意がみせかけではないことがわかる。

——これなら魯軍はたやすく崩れないであろう。

そうみた夫差は、おもむろに斉にむかって軍をすすめた。この軍はしだいに速くなり、途中の博という邑を落とし、下旬には嬴という邑に達した。そのあたりは魯の国都である曲阜と斉の国都である臨淄からほぼ等距離で、戦場になりやすい。往時、嬴の東の長勺という地で斉軍と魯軍が衝突し、魯軍がたくみな戦術で勝ったことがある。

斉の三軍が南下してきた。中軍の将は大臣の国書であるという。斉軍の進出路を予想して呉軍は動き、長勺をすぎて東進し艾陵に到った。そこが決戦場となった。

このときの呉軍は最盛期にあるといってよく、斉軍を大破し、国書を捕斬した。斉軍の兵車を八百乗、甲士を三千人も斬首するという大勝であった。

「これでわが威名は天下に知られるであろう」

そこから軍を臨淄にむかわせず、あっさり引き揚げた夫差は、みかたによっては、領有の野心が大きくない人なのであろう。

上機嫌で呉都に凱旋した夫差は、伯嚭の内々の報告をうけて表情を一変させた。

「伍員め、自分の子を斉へ逃がしたのか」

王宮に帰着した夫差は怒りがおさまらず、すぐさま伍子胥を呼びつけた。かれは伍子胥を睨みつけ、

「敵国に通じた罪は重い。なんじは先王を輔けた貴臣であるので、処刑はせぬ。これで自身を裁け」

と、属鏤の剣をさずけた。それは名剣といわれているものである。

「仰せの通りに――」

その剣を携えて粛々と王宮をでた伍子胥は、御佐の待つ馬車に乗った。御佐はみな

れぬ剣に不審の目をむけた。微笑した伍子胥は、

「これか……、これは、われを先王のもとへ送ってくれる。明日、われはこの世にいない」

と、いった。とたんに御佐は滂沱と涙をながした。泣きながら馬を御した。

帰宅した伍子胥は残っている家臣を集めて、王命をあきらかにした。直後に、家中のすべてが泣哭した。

「別れの宴を催そう」

伍子胥は家臣と酒を酌み交わし、婢僕のもとにもいって、

「長いあいだよく仕えてくれた。この家にとどまっていると、罪に問われよう。明朝、早々に、逃げ去れ」

と、説き、かれらにも酒を与えた。

この宴は黎明近くまでつづき、ついに属鏤の剣をつかんだ伍子胥は、重臣たちにむかって、

「なんじらはわが目を東門に懸けよ。越が入城して、呉が滅ぶのをみよう」

と、すさまじいことをいいつけた。

このあと伍子胥は奥の室にはいり、剣をぬき、刃を立て、剣先をのどにあてて自殺

した。

吼えるように泣いた右祐らは、遺骸の血をぬぐい、馬車に載せ、東門まで運んで、門に杭を打っておいて屍体を懸垂させた。目だけを懸けるのはむりなので、そうしておき、かれらはそろって、

「比類なき忠臣であるわが主をむげに誅した呉王夫差に、天誅がくだりますように」

と、みじかく呪詛した。かれらだけではなく、家臣のすべてが、鶏鳴をきいて城門が開くと同時に、すばやく城外へでた。伍子胥の妻の華英は殉死しようとしたが、御佐の妻である青桐に止められた。

「あなたさまの子も、豊さまに従って、斉へのがれたではありませんか。斉へゆき、そこで生きるべきです」

この強い諫めに華英は従い、悼痛の涙をながしながら、呉都をあとにした。

日が昇ると、東門に懸垂されている伍子胥の屍体に多くの人々が気づき、都下は大騒ぎとなった。その不穏な喧騒を知った夫差は、またしても嚇怒し、

「伍員め、死んでもわれにいやがらせをするか」

と、怒声を放ち、その屍体を馬の皮袋にいれさせて、江水に投げ込ませた。

出撃の時

伍子胥の死はすぐに越につたわった。

いや、この衝撃的な訃報はおどろくべき速さで天下をかけめぐったといってよい。

「まことか——」

相好をくずしそうになった越王句践は、あわてて表情をひきしめ、

「呉が他国をまどわそうとする虚伝かもしれぬ。よく調べよ」

と、側近に命じた。伝聞を耳にした范蠡もすぐに匍太、飛弁、条信などを放って、事実をたしかめさせた。馬車を往復させて十日後に帰ってきたかれらは、そろって、

「まちがいありません。伍子胥は呉王に自殺を命じられ、江水に投擲されたようです。遺骸はなぜか宮城の東門に懸けられましたが、ほどなくおろされて、江水に投擲されたようです。伍子胥の家は取り潰されました。が、嗣子は誅殺をまぬかれ、斉へ亡命したとのことです」

と、ほぼ正確に報告した。

「そうか……」

范蠡は単純には喜ばなかった。

伍子胥を殺した夫差はおのれの手足を捥いだことになる。越からみれば、伍子胥の存在はそれほど巨きかった。句践は内心手を拍って喜悦しているであろう。呉を攻めると仮定すれば、最大の難敵となるのが伍子胥である。そのことは越の上下の一致した予想である。その難敵が、消滅した。自然に消滅したわけではない。夫差によって消滅させられた。もっとも大きな衝撃をうけたのは、ほかならぬ呉の国民であったのではないか。たしかに国民はおもてだって国王を非難しないものではあるが、伍子胥が碩謀をもって先王を輔成し、比類ない功勲を樹てたことを知らぬ者はひとりもいない。すなわち伍子胥は国師というべき貴人であり英雄なのである。そういう唯一無二の大夫は、たとえ罪を犯しても、死刑のような極刑にしないというのが、王朝の礼というものであろう。だが、夫差は個人的な憎悪によってその礼をふみにじった。政治的な配慮に欠けていたのではないか。つまり呉王は短慮であり、視野が狭く、寛容力に乏しい。それを呉の国民が如実に知ったのが、その事件であり、かつてない不安をおぼえはじめたであろう。

「だが……」

范蠡は浮かぬ顔をした。それを視て臼がいぶかった。

「伍子胥の死を、お喜びにならないのですか」

「ふむ……、伍子胥はおのれの死をもって、呉を護ろうとしたのだ。呉王の命令がどれほど理不尽であっても、伍子胥は呉王を怨んで死んだのではあるまい。伍子胥の遺骸が東門に懸けられたままであれば、おそらく越兵は呉の王宮に攻め込めない。が、呉王はその遺骸を江水に投げ込ませた。それではじめて伍子胥の霊力が失われたのだ。呉王の失敗は、伍子胥を殺したことではない。遺骸を水中に沈めたことだ」

「あっ、なるほど――」

臼は膝を打って感心した。

「なあ、臼よ。『詩』に、他山の石、ということばがある。ほかの山からでたつまらぬ石でも、おのれの玉をみがくことに役立つという。伍子胥はつまらぬ石どころか、宝石だ。その死を知って、とても越は呉におよばないと痛感した。そうではないか。いまの越のなかで、王を諫め、国を護るために死ねる者がひとりでもいるだろうか」

「いないでしょうな。主を措いては……」

「われか……、われは、王のためというより越という国のために生きようとした。伍子胥とは発想がちがう」

「それゆえ主は伍子胥におよばないとお考えですか」

「生をもって美とするか、死をもって美とするか。これは、後世の評価にゆだねるとしよう」

ようやく范蠡は微笑した。

伍子胥だけが越に目をむけて警戒していた。その目が水中で閉じたいま、句践は呉を攻めるためにひそかに始動するであろう。

――三年のうちに、越王はかならず出師する。

するといまから兵糧の備蓄をはじめなければなるまい。ぜったいに敗退することがゆるされない戦いをするとなれば、最大限の徴兵をおこなうはずであるから、越軍は三万に比い兵力となる。この兵力をひと月間支える食料だけでも厖大である。

――ひと月後に、すべてがかたづくか。

そんな甘い観測は童子でもしないであろう。呉の国都に侵入し、宮城を陥落させ、外征していた呉軍の帰路に立ち塞がって殲滅する。その一連の軍事行動をなるべく冷静に予想してみると、すくなくとも百日はかかる。

――大夫種はどう考えているか。

数日後に、大夫種の邸へ往った范蠡は、呉との戦いがながびくと想定して、兵站の配置のほかに国境近くに巨大な食料保管倉庫を建てるという構想を話した。滞陣した越軍の兵糧が欠乏したとき、会稽から食料をとりよせていては、まにあわない場合がある。

「それは、よくわかるが……」

と、いった大夫種は幽かに難色を示した。これから一年間は、目立ったことをしてはならない、という句践の内示があったという。ことさら句践が用心深くなったのは、呉都を急襲するという策をかためたからであろう。

——だが、呉都を取ったからといって、夫差と呉軍を降伏させたことにはならない。

范蠡はそう想ったが、大夫種は、

「敵の兵糧をもらうという手がある」

と、いった。これは句践の発想でもあるのだろう。要するに、呉の都邑を陥落させれば、そこに蓄えられていた穀物を入手することができる。

「なるほど、孫子の兵法か」

呉の孫武が書いた兵法書のなかに、侵掠すること火の如く、ということばがあったことを范蠡は憶いだした。侵は侵攻、掠は掠奪である。句践もその兵法書を熟読したにちがいない。孫子の兵法の基本は、なるべく兵をつかわない、戦いに時間をかけない、軍資を費さない、という三点である。句践には、呉都を速攻して陥落させるという自信があるのだろう。

「呉都を制圧して、都内に備蓄されている食料を奪う、というところまではよいだろう。しかし危急をきいて呉都へ帰ってくる呉軍との戦いはどうするのか。もしも呉軍が船をつかって会稽へむかったら、越を奪われてしまう」

句践は呉の海軍を海上で阻止する備えをほどこしているのだろうか、と范蠡は危ぶんだ。

「さて、それは……」

困惑の色をあらわにした大夫種は、

「王はまだ策戦については、なにもお語りにならない。不穏なうわさが立つことさえ恐れておられる」

と、説いた。それをきいた范蠡は、ふと、

——無策も悪くない。

と、おもった。先年の大戦では、句践は精密すぎる策を立てて失敗した。策は臨機応変の柔軟性を失わせ、おのれを縛る危険がある、と句践は反省したのであろう。あれほど事を秘してはこんだのに、どこかに内通者がいて、敵に裏をかかれた。そうであれば、出師への充分すぎる準備は、おなじように敵に知られ、待ち伏せされるであろう。

天運が越にめぐってくれば、策などを立てなくても、勝てるものだ。句践がそう考えるようになったのであれば、いまの句践は昔の句践ではない。

——われの度量は小さいな。

范蠡は自嘲した。宮室のなかで政務をおこなってきた范蠡は、外にでてさまざまな形で国民に接してきた句践が感じた手応えの強さを感じることができない。おそらく、いまの越の国民も昔とはちがう。句践は群臣とともに出師するというよりも、国民とともに呉を討ちたいと願っているのだ。

——人の和の堅さは、すべてを凌ぐ。

句践はそう信じて、天運の到来を待っているにちがいない。

「無形の陣ほどすぐれたものはない」

大夫種にそういった范蠡は、この日から想念を先走らせないようにした。そのせいであろうか、月日のめぐりが静寧に感じられた。

翌年の三月に呉王の使者がきた。

「このたびは北伐ではなく、諸侯会同なので、越の援助は不要である」

使者は句践にそれを告げにきた。使者を鄭重にもてなした句践は、

「会同の地はどこでしょうか」

と、問うた。

「橐皐である」

使者は機嫌よく答えた。

——橐皐があるのは、呉の国内ではないか。

つまり夫差は諸侯を呉に呼びつけるというわけである。ちなみに橐皐があるのは江水の北岸域で、中原諸国からすればかなり遠い。その地を夫差が選んだのは、おのれの威がどれほどのものか、たしかめたいからであろう。

——呉軍は大遠征をするわけではない。

句践は多少の失望をおぼえたが、終始にこやかな顔を使者にむけた。使者がかえったあと、庭にでた句践はやるせなげに天空を瞻た。今年もおとなしくしているしかない。

古昔、西方の覇者である周の文王は讒言によって殷の紂王にとがめられ、羑里に囚

えられた。臣下の奔走があって羑里からだされた文王は、徳を積み、武をみがいて、復讎の機会をうかがったが、ついに敢行しないまま歿した。文王の遺志を承けて紂王を伐ったのは、子の武王である。

——越は、どうなるのであろうか。

句践はまだ三十代のなかばであるが、呉への出兵を待ちつづけるうちに老いてしまうということがないことはない。太子の適郢に後事を託して歿する自身を想像することはつらい。かつて会稽山に幽閉され、身を呉の王宮に遷されて酷使されたが、そのときのつらさよりもいまのほうがつらいと感じるのはなぜであろうか。

——人は想像の多さによって苦しむのか。

天は空ではあるが、無というわけではない。人は天を仰いで無心になれるわけではないということである。地を瞰ていたほうがよい。地は無限の慰藉をもっている。

急に踵をかえした句践は、

「会稽山へゆく」

と、側近にいい、馬車に乗った。句践が会稽山へむかったことを知った范蠡は、句践の心事を察して、

——ご自身の苛立ちを鎮めようとなさっている。

と、同情した。なにもしないで待ちつづけることほどつらいことはない。

政務室をでた范蠡は、回廊を歩いてくる諸稽郢をみかけたので、

「呉王の高圧ぶりを拝見するために、会同の地へゆきたいくらいです」

と、声をかけた。足を停めた諸稽郢は、あたりに人のいないことを目でたしかめてから、

「呉王の評判はたいそう悪い。しかし斉軍を破った実力は諸侯に恐れられている。今年の諸侯会同にどれほどの国の君主が集まるのかわからないが、中原の諸侯が呉王の盟下におさまるようになれば、覇者を自任している晋の君臣が黙っていないでしょう。そのときこそ、越にとって天啓となる」

と、声を低くしていった。

南から勢力を北へ伸ばしてゆくと、かならず晋という大国にぶつかる。かつての楚がそうであった。楚は晋と戦ったが、呉はどうするか。

——来年か、再来年に、そのときがくる。

越の国全体が必死になるときは遠くない。范蠡はそう予感した。自分はまた戦いに負けた場合のことを考えておかねばならないのか、と自問して、苦笑した。こんど敗潰すれば、天運を見あやまったことになり、越の再興は絶望的であろう。おのれは敗

滅のなかに沈むしかない。太子をかついで逃げ、楚へ亡命するという最悪の未来図を画かないことにした。おそらくその亡命生活のほうが死ぬよりつらい。

呉の国情については、ときどき丁涼が報告を上げてくる。牙門とのあいだに密使が往来しているのであろう。

丁涼は范蠡に従って越にきたあと、商賈にはならず、范蠡の臣下になった。范蠡の愛顧をうけて賈人として大成した朱梅をはばかったこともあろうが、なによりも范蠡の奥深い器量に魅力を感じていた。この人は、越のような小国の大臣にしておくのはもったいない、というのが丁涼の率直な感想である。あえていえば范蠡は巨大な翼をもっている鵬であり、いまは越で翼をやすめているが、ひとたび飛び立てば幾千里も翔けるであろう。自分が商人となって越にとどまっていては、その飛翔にまにあわない。それが丁涼の予感であった。それゆえ范蠡の家中にはいったが、行動力があるうえに計算にも強いので、さっそく臼に重用された。いきおい丁涼は家宰の補佐となり、家計においてかけがえのない人物となった。

四月の末に、丁涼は、

「呉王が会同の地へ出立しました」

と、范蠡に報せた。その後、五月に夫差は橐皐において魯の哀公と会い、それだけでは満足せず、衛と宋に使いをだして会盟をおこなうようにうながした。夫差の威脅を恐れた衛の出公は、秋になって、しぶしぶ会同の地に到ったが、宋の景公は、

「呉王は無道の君よ」

と、いって、みずからでかけることを嫌がり、卿のひとりである皇瑗を遣って体裁をつくろった。

晩秋に夫差が呉都に帰還したことを、丁涼の報告によって知った范蠡は、

「居ながらにして呉王の動静を知ることができるとは、どういうわけであろうか」

と、諧謔をまじえて丁涼を称めた。むろんおよそのしくみはわかっている。情報の源は大宰伯嚭家を留守している重臣であり、かれにとりいっている牙門が採取したことが、密使によって丁涼のもとにはこばれてくる。范蠡がなにも要請しないのに、牙門が范蠡のために働いているとみせたいのは、旧主のあととりである范蠡への謹敬が本物であると訴えたいからであろう。

「呉の大宰も、居ながらにして越王の動静を知っているのであろうか」

諧謔のつづきである。越へやってきた牙門の密使は、丁涼から情報をうけとり、牙門まではこび、牙門が大宰家に報せれば、そうなる。

すこし笑った丁涼は、

「残念ながら、呉の大宰は越王の挙動について、なにも知りません。いまや呉は、呉王をはじめ庶民までが、越への関心を失っています」

と、さりげなくおのれの潔白を知らしめた。その答えかたに胆知を感じた范蠡は、

——臼が引退したら、つぎの家宰はこの者だな。

と、おもった。

冬のあいだに范蠡は官倉にはいり、穀物の備蓄率を調べた。官倉は宮城内にあるほかに、王室の直轄地にもある。

——これしかないのか。

范蠡はまのあたりにある穀物の量の乏しさに愕然とした。むりもない。句践は釈放されて帰還したあと、十年間無税にすると宣言した。それから六年しか経っていない。王室に収入があるはずもない。

——これでは王の直属軍を養えない。

危惧をおぼえた范蠡は、新年を迎えたあと、有力な大夫たちとひそかに面談して、王室の乏窮について委細を語った。多くの大夫は、

——それほどひどいとは想わなかった。

と、嘆息し、句践の耐乏生活に感動した。大夫は越王の臣下であっても独自の法に

よって食邑を治めているので、十年間無税という句践の宣明に遵わなくてもよい。あえていえば句践の生活程度は、諸大夫よりはるかに下で、寒陋な庶民よりはまし、というものであった。

「群臣と官民を富まして、おのれ独りが貧困にいる。そんな王がかつていたであろうか」

感動のあまり涙をながす大夫さえいた。

もしも出師ということになれば、かれらはそろって王室に兵糧を献上すると約束してくれた。

――これで、善し。

胸をなでおろした范蠡は最後に胥孟家を訪ねた。胥孟の父の胥犴は、往時の上卿であり、老齢のため引退したが、亡くなってはいない。馬車をおりて、その家の門前に立った范蠡は、

――胥犴どのには、いろいろ誨えられた。

と、感慨にふけり、しばらく門をみつめていた。ところが、その門が急にひらいた。門内に杖をついたひとりの老人が立っていた。それが胥犴であるとわかった范蠡は、あわてて趨り、跪拝した。胥犴には頭があがらない。

い」

「そなたが諸大夫の家を巡回していることはわかっていた。わが家にくるのが遅いわ

くるりと背をむけた胥犴が歩きはじめたとき、家から胥盂が家臣とともにでてきて、范蠡をうやうやしく迎えた。いまは范蠡が上卿なのである。

范蠡と胥盂が対談しているあいだ、顔をみせなかった胥犴は、その対談が終わるころに、堂上にのぼってきて、范蠡のまえに坐った。

「そなたが為そうとしていることくらい、わかっている。諸大夫に説いたことのほかに、自家に蓄えた食料をひそかに王室の廩倉に移すつもりであろう。わが家に遅れてやってきたのは、われの深意をさぐり協力を請うためであろう。はは、わが家もそなたと同様な献供をおこなうつもりで、すでに用意がととのっている。そなたは明日にでも、王室の財務をあずかっている連价の諒解をとりつけよ。王に知られたくないとおもっているのは、われもおなじだ」

「かたじけない仰せです」

范蠡は席からおりて、胥犴にむかって再拝した。

王室を食料面から助けるという行為を、独りで敢行すれば、たとえそれを暗暗裡におこなっても、いやみになる。ここは、どうしても群臣に尊崇されている胥犴という

名にかくれておこないたかった。

「今年、いよいよか」

と、胥犴は范蠡に問うた。いよいよ呉を伐つのか、ということである。

「おそらく——」

范蠡はそれしかいえない。

「夫椒での敗戦は十二年まえだ。それから王をはじめ越の民まで呉を憾恨しつつ、耐えに耐えてきた。それを想うと同時に、伍子胥を想ったよ。かれの父と兄が楚の平王に誅されてから十六年後に、かれは復讐をはたした。それは壮挙といえなくはないが、その復讐が豊かさを産んだのかと考えると、疑問はある。越も、似たような疑問にさしかかることがあろう」

「ご誨諭、胸にとどめおきます」

范蠡は胥孟家をあとにした。

復讐は個人の怨みを晴らすだけの行為ではない。父祖も侮辱の泥をかけられたとみなし、その泥を雪ぐ行為でもある。越の場合、句践の恥は、全国民の恥であるほかに、会稽山に祀られている禹王の恥でもある。そう考えるのがいまの世の通念であるのに、胥犴はそこからぬけて、かなり合理的な考えを示した、と范蠡はうけとめた。

翌日、連价と密談をおこなった范蠡は、句践の外出予定日を、范仲卓に訊いた。その日がきたとき、范蠡家と胥孟家の家臣がすばやく動き、連价の案内に従って、王室の廩倉に穀物をおさめた。

季節は仲春から晩春に移ろうとしている。

ここで呉王の使者がこないと、今年の出師はない。緊張ぎみにそうおもっていた范蠡のもとに、諸稽郢が趨ってきて、

「きたぞ、きた、きた」

と、昂奮をかくさず、呉王の使者の到着を告げた。范蠡は胸のどこかが嚇と熱くなった。指がふるえている。

もっとも冷静であったのは、句践であった。

呉王の使者を平然と迎えた句践は、今年の諸侯会同が黄池でおこなわれ、そこに周王の代人である卿士と晋の君臣がくる、と知るや、

「ああ、呉の大王はそこで覇者に認定され、天下の盟主になられる。これを祝賀せずにおられようか」

と、いい、すぐさま小宴を催して使者を歓待した。じつはこれは、句践が長かった辛苦をみずからねぎらったのであり、きたるべき戦いの前祝いをおこなったのであろ

う。むろんそこまで気のまわらない使者は、喜色満面で時をすごし、翌日に揚々と帰っていった。

——今日以後は、ここに、呉王の使者を迎えることはあるまい。

宮門まででて使者を見送った句践は、すぐさま宮室に引き返し、大夫種、范蠡、諸稽郢という三人だけを別室に招きいれた。着座した三人は固唾をのんだ。固い表情の三人の目のまえにいる句践は、恐ろしいほど沈着で、むしろ悠然としていた。まず、大夫種にまなざしをむけた句践は、

「四月に呉王は北進を開始する。会同の地は二千里のかなただ。かれが会同の地に到るころに、われは呉を伐つ所存である。異論があれば、申せ」

と、感情を抑えた声でいった。

黄池という会同の地が二千里も遠くにある、と句践はいったが、そこには少々誇張があり、済水の南岸にあるその邑は、呉都からおよそ千七百里の距離にある。古くは一舎（一日の行程）三十里が常識であったが、たとえ一日に五十里（約二十キロメートル）すすむ軍でも、三十四日かかる。

「異論など、ありましょうか。群臣と万民は、このときを待ちこがれていたのです」

大夫種は賛意を述べた。

「范蠡よ、意見を申せ」

句践は范蠡を視た。眼光がするどくなってきた。

「大夫種と同意です。ただひとつ懸念があるとすれば、兵糧の不足です」

「わかった。諸稽郢は、どうか」

「天運到来とは、まさにこのことです。黄池での会同は秋が深まるまでながびくでしょう。それまでに勝利を確実なものになさらぬと、越は滅亡します。乾坤一擲の戦いではありますが、天は、王をお祐けくださるでしょう」

句践はわずかに破顔した。

「嬉しいことばである。おそらくわれの挙兵は六月になる。それまで静黙して、不穏さを呉にさとられてはならぬ」

「かならず、そのように――」

夕、自宅にもどった范蠡は、胥犴にだけ書翰をもって句践の決定を報せた。使いの者が返書をたずさえて復ってきた。披読した范蠡は、一笑した。

「王ご不在の会稽の城は、老若と婦女子だけで衛ればよい。成人男子は、ひとりも国内に残るべからず」

すさまじい覚悟を求める文面である。が、この内容の底にはほがらかさが溜まっているようである。おそらく、われが生きているあいだにその時を迎えられるとはおもわなかった、と胥犴はいいたいのであろう。

重苦しい夏になった。

すでに呉王が呉都をでたことはわかっている。五月に丁涼が、呉軍は淮水を越えました、と報せた。

――すると、実際には、呉軍は宋のあたりにさしかかっているのか。

と、范蠡は想像した。六月に、呉軍は宋を通過しました、と丁涼からの報告をうけた日に、句践から集合せよという命令がくだされた。

朝廷に集合した群臣にむかって、句践は、

「雌伏の時は畢った。呉を討伐する。負ければ帰る国も家もないと想え。勝って、喜びを衍溢させせよう」

と、宣べた。群臣はそれに応えるように叫び、喜躍した。乱舞する者たちさえいた。

二日後に、郊外に集まった兵は一万五千であり、これから呉へむかってすすむうちに、兵力は増大するはずである。

軍が禦兒にさしかかったとき、曠が五百の私兵を率いて范蠡のもとに駆けつけて、

「多くは申し上げられませんが、伍子胥さまを殺した呉王の首を、わが手で獲るつもりで参加しました。どうかご配下にお加えください」

と、跪伏した。

——なるほど、そういうことか。

一瞬、范蠡はからだのどこかが酸っぱくなるような複雑な感情に襲われた。だが、夫椒の戦いでは、曠の内通がなければ、越軍が勝っていたとはいいきれない。かえって句践は自身の策を誇るあまり、策におぼれて、殞命していたかもしれない。

「よかろう。そなたは道にくわしい。前途を偵候せよ」

曠がかかえていたこみいった事情とそれにともなう苦悩を察したうえで、范蠡は曠とその配下を活用することにした。

呉越の決戦

夫差が不在となった宮城を守っていたのは、太子友である。

突如、越軍が国境を侵して北進中であることを知った太子友は、几を蹴って立ち、

「黠鼠のごとき越王よ。ただちに、ふみつぶしてくれよう」

と、戎衣に手をかけた。その袂をつかんで、

「城からでてはなりません」

と、諫止したのは、王子地である。越王句践がどれほどの大軍で進撃してきても、この姑蘇という都邑の規模は大きく、たやすく陥落しない。疎漏なく防禦していれば、冬までには夫差と呉軍が帰還し、越軍を蹴散らしてくれる。

だが、太子友はその諫止の手を払いのけて、

「越兵がわが城の牆壁に手と足をかけるまで、城中で居竦まっていては、わが父であ

る大王がなんと仰せになるであろうか。われは即日、廃嫡されるであろう」

と、叫ぶようにいい、急遽、兵を集めさせた。

太子友を元帥とする呉軍は、王子地、王孫弥庸、寿於姚を将として、呉都をでるや、南下して、泓水のほとりに邀撃の陣を布いた。

泓水は呉都からさほど離れていないので、呉軍がそこまでしかすすめなかったのは、徴兵にてまどったのでなければ、越軍の進攻がよほど速かったと想うべきであろう。

越軍の先鋒の二将は、疇無餘と謳陽である。この隊は偵候も兼ねており、対岸に呉軍の旗が林立し、そのなかに牙旗が樹っていることも知った。

「太子が出陣してきたのだ」

二将は色めき、速報を中軍に送った。

——太子が城をでて対岸に陣をすえているのか。

中軍を率いている句践は自軍にとってこれほどの幸運はないと感じ、すぐさま進路をかえさせた。川をはさんで両者の対峙がながびくとみた。その間に、越の主力軍を呉兵の視界の外に秘めやかにすすませ、川を渉って呉軍の本営を急撃すれば、戦いは一日でかたづく。

范蠡は家臣のほかに曠とその私兵を従えて、中軍よりすこしまえをすすんだ。ちなみに正卿である大夫種は後軍をあずかり、中軍よりはるかうしろにいる。曠の手足というべき穹と汐が五十人ほどの兵とともに先行して、道をさぐり、前途に伏兵がいないことをたしかめては、范蠡に報告をとどけた。

この偵探の小集団が川にさしかかったとき、下流域に異状が生じていることに気づいた。

——すでに戦いがはじまったのではないか。

そう感じた穹と汐が実情を知るべく動いた。そのとき、疇無餘と謳陽の隊は川を渉った呉軍に急襲されていた。呉軍から突出した隊があったためである。

太子友は泓水のほとりに布陣したまま、句践のでかたをうかがうつもりであった。ところが将のひとりである王孫弥庸が敵陣に樹つ旗のなかに、なつかしい旗をみつけた。いや、なつかしいというよりも怨みの旗である。それは往時父がつかっていた旗で、父はその旗とともに戦場に消えた。父は敵に捕斬されたのである。そのあかしとして、いま敵陣に父の旗が樹っている。

「おのれ、父の仇をみつけて、殺さずにいられようか」

嚇とした弥庸が兵をまとめて渡渉にとりかかったので、太子友が制止した。

「戦って勝てぬと、国を失うおそれがある。待て――」

当然の訓戒であったが、この声をはねのけるほど弥庸は激昂していた。

「仇討ちとなれば、助けぬわけにはいくまい」

沈毅な王子地も弥庸に同情して、援助の兵をだした。こうなると太子友も動かざるをえなくなった。つきすすむ弥庸と王子地の隊を主力軍が掩護する陣形となり、急行して越の二将の隊を潰滅させた。敵は対岸で不動のままであると観測していた疇無餘と謳陽は、不意を衝かれて敗れ、捕らえられたのちに仇として斬られた。

自軍の惨状をいちはやく知った范蠡は、川を渡る準備にとりかかったところであり、予想外の事態に青ざめつつも、句践の指示を仰ぐべく、匋太と飛弇を中軍へ走らせた。日没が近いこの時点で、句践のおもわくははずれたようにみえたが、

「太子も渡渉したまま引き揚げていません」

という続報に接するや、句践は、

「敵は背水の陣である。退路がない」

と、喜び、陣頭を呉軍のほうにむけた。ただし范蠡、皐如、胥孟などの大夫には、

「そのまま川を渉り、対岸で伏せよ」

と、指図を与えた。

牙旗のもとの太子友としては、夜間でも、対岸にもどっておくべきであった。そうしなかったのは、太子友だけではなく麾下の諸将も、越の中軍の位置を知らず、まだ遠くにいる、とおもいこんでいたためであろう。

翌朝、越の中軍が急速に近づきつつあることを知った太子友と諸将は、敵に背をむけて川を渉る愚を避け、迎撃の陣を布きなおした。

「越兵は南からではなく東からくるのか」

おどろいた王子地は、太子友の本陣をかばうように陣を移動し、弥庸と寿於姚の隊をまえにだした。先鋒をまかされた弥庸は、視界のなかにはいってきた越軍の旗を睨みつつ、

「敵は一万余にすぎぬ兵力だ。越王の首はもらった」

と、豪語した。

昼すぎに両軍は激突した。いそぎにいそいできた越兵は、荒い息をしずめるまもなく戦闘に突入したので、押しくらべに負けそうになった。それでも日没まで呉兵の猛攻に耐えぬき崩潰をまぬかれた。

月を仰ぎつつ遅い夕食を摂った句践は、配下の健闘をたたえ、

「一夜休息すれば、わが軍は数倍勁強となる。それを見抜ける将が敵陣にいれば、夜

襲をかけてくるか、夜のうちに対岸に退く。もしも明朝、敵陣がおなじ位置にいれば、わが軍の大勝利はまちがいない」

と、高らかに宣べた。

この夜、敵襲はなかった。充分に休息した越兵は強行軍の疲れから脱した。

呉軍は動いていなかった。呉軍は越軍より兵力にまさり、しかも越兵は弱いという手応えを得ていたので、戦意に満ち、まっすぐな勝負を望んでいた。句践もここでは奇策を弄することをしなかった。極戦における越兵の実力を知るためにも、ひたすら押すという戦術をとった。

日が昇ると同時に、両軍の本陣で太鼓が打たれた。先陣の兵がゆっくりと前進しはじめた。弓矢の応酬はない。長柄の武器をもったいわゆる長兵の交戦からこの激闘ははじまった。

この時代の諸国の兵の強弱を俯瞰すれば、最強であるのは、晋兵と呉兵であろう。楚兵がそれにつぐ、とみたい。越兵は弱兵にすぎない、と中原諸国からはみられていた。

だが、情念の力は恐ろしい。

甲を着けない兵卒でさえも、句践が耐え忍んできた長い艱難辛苦をわがことのように感じ、ひとりひとりの復讐心が合わさって、天をも焦がす烈火のごとき勢いを生じていた。

呉将の弥庸は、戦いをはじめてすぐに、

——これが昨日とおなじ越軍か。

と、怖駭をおぼえた。だが、弥庸は呉将としての自尊心を失わず、敵が優勢であるのは最初だけだ、と気持ちを強くあらためた。昼すぎまで激烈な衝突が三度あり、そのたびに呉軍は後退した。ついに呉軍の先鋒が摧破されて、弥庸は兵車から顚落し、越兵の戟に囲まれた。二陣の寿於姚の隊が頽敗しかかったのを看た王子地は、

——まずい。

と、痛感し、寿於姚を棄てて太子友を護りぬくべく陣をさげた。ところが、あろうことか、うしろにいたはずの本陣がまえにでた。臣下おもいの太子友は寿於姚を救うべく、急速に前進したのである。

「なんということを——」

王子地は絶叫した。太子友の牙旗が越軍にのみこまれてゆく。

日が傾き、戦場が赤く染まるころ、呉軍の大敗は決定的となった。弥庸と寿於姚は捕斬され、太子友は戦闘の渦中に沈んだ。越兵の鋭鋒をかわしつづけ、太子友をみう

しなった王子地は、慙愧に堪えず、自刃しようとした。

「死ぬのであれば、大王を姑蘇にお迎えしてからでも、遅くないでしょう」

そう左右の臣に諫められた王子地は、

「そうか……」

と、剣を斂め、気力をよみがえらせて敗兵を集めた。夜陰に乗じて姑蘇にもどり、宮城を死守することにした。ここで自分が死んだら、呉都は王宮ともども越王にやすやすと取られてしまう。

王子地は船に乗った。ここで冷静さをとりもどした。策の多い句践のことであるから、川の対岸に兵を伏せているかもしれない。用心のために、いちど湖にでてから帰還するという道をえらんだ。死中に活を求める、とは、このことであろう。

対岸にいて越軍の大勝を知った范蠡らは、月の光を浴びながら、死地からのがれるべく川を渉ってくる呉兵を待った。が、黎明までに討ち取った呉兵は三百人に満たなかった。

――寡なすぎる。

敗残の呉兵の大半はまだ対岸にいるのか。いや、そんなはずはない。今日、また戦えば、呉軍はまぎれもなく全滅してしまう。范蠡はなにかをみのがしているにちがいない自分にめずらしく苛立(いらだ)った。そこに曠の配下の汐が飛び込んできた。

「湖上に船の影があります。かなりの数です」

「しまった。それだ」

皐如と胥孟にその事実をつたえると、范蠡は隊を急発進させた。が、まにあわなかった。姑蘇の城は敗兵を収容し終えて応戦の態勢をととのえていた。二、三千の兵ではとても歯が立たない。城を凝視(ぎょうし)した范蠡は、

——一夜の過誤(かご)が、千日の労苦を招くかもしれない。

と、自責の念にかられた。

午後に、城外に到着した句践は、

「夜間に追撃をおこたったわれが甘かった」

と、いって、范蠡らを責めず、翌日、大夫種の後軍が到着してから攻撃を開始した。が、城兵の扞拒(かんきょ)ぶりはけなげというしかなく、堅守をつらぬいた。そのため越軍は攻めあぐね、仲秋がすぎても城を落とせなかった。

城を守っている王子地は矢継(やつ)ぎ早(ばや)に急使を発した。

最初の急使が黄池(こうち)にいる夫差のもとに到着したのは七月である。報告をきくや、夫差は嚇と天を睨んで、

「越の奸邪め」

と、句践をののしり、いきなり使者を斬った。その後、夫差は到着した使者をつぎつぎに斬ったため、七人が死んだ。敗報がひろがり、諸侯にあなどられることを恐れたためである。

会盟においても、夫差のおもい通りに事がすすまず、盟主争いに負けたかたちで、晋の君臣に譲歩した。腹立ちがおさまらない夫差は、帰途、宋を攻めてやる、といきまいたが、伯嚭にその無益さを説かれて、鬱々と帰還の船に乗った。冬の風が吹きはじめている朱方に着いて、船をおりた夫差は情報を集めさせた。

——太子友は、やはり、死んだのか……。

そうつぶやいた夫差は、うつろな目をした。半日、たれも近づけず、独りで考え込んでいた夫差は、急に起って、

「伍員が沈んだのは、どのあたりであろうか」

と、つぶやき、帷幄をでて岸辺まで歩き、江水の落日の光景をしばらく眺めた。やがて、ふりむいて側近を呼び、

「大宰をここに——」

と、いった。日が沈んだあとに、伯嚭は伺窺するように夫差に近づいた。

「越君のもとへゆき、講和をまとめよ。われはいかなる条件も、のむ」

まさか、とおどろいた伯嚭は、

「惶れながら、姑蘇にとどまっている越軍の兵糧は罄竭しており、幹をひとたたきするだけで枯れ葉が落ちるように、崩壊します」

と、進軍することを勧めた。夫差はふしぎそうに伯嚭をみつめ、

――わが軍の兵糧も尽きようとしていることを、この男は知らぬのか。

と、おもったが、唇を動かすのもけだるげで、

「講和する」

と、いったあと顔をそむけた。

四日後に伯嚭は句践に面謁して夫差の意向をつたえた。

「講和ですか。いいでしょう。向後、二年間、両国は攻めあわないことにしたい。呉がこの約束を守れば、両国の兵はゆっくり休養できるでしょう」

句践はすみやかに諾唯を示し、夫差の誓文をうけとると、すばやく撤退した。

軍の食料が乏絶して引き揚げる直前にもちこまれた講和であったので、渡りに船とばかりに帰途についた。たしかに泓水での戦いでは大勝したが、その後の滞陣に成果はなく、軍資を費耗したにすぎなかった。そういう悔やみがある句践は、

——国力を回復するには二年かかる。

と、みた。二年が経って、夫差が率いる呉軍と戦って克ってこそ、ほんとうに呉に勝ったといえるであろう。たびかさなる遠征で、呉も疲弊しているので、立ち直るのに二年という歳月が必要であるにちがいない。呉軍が強健さをとりもどしても、句践は恐れない。そういう呉軍を破らなければ、越の盛栄の未来はない。

こういう句践の深念を察した越の大夫は多い。范蠡もそのひとりで、帰国したあと、

「このたびの王のご進退は、みごとであった」

と、家臣に話した。

雀中は腕をさすった。

「呉との決戦は、二年後あるいは三年後ですか」

「三年後か、四年後か。とにかく五年以内に勝負がつく。われは越が負けるはずがないとおもうが、心配なのは、むしろ勝ったあとだ。王が呉王をどうあつかうか、天下の目が、その一点にそそがれる」

范蠡はおのれの想念が先行しすぎることを嗤った。呉の軍制を改革したのは天才兵法家の孫武であり、孫武の思想では、君主の命令でも軍法を超えることはない。そう

いう秩序が守られたがゆえに呉軍は楚軍をしのぐほど強くなった。が、夫差は父にまさる誉聞を得たいために、おのれの命令を最上位に置き、秩序をゆがめた。軍あるいは隊をあずかる将は、いちいち夫差の指図を仰がなければ動けなくなってしまった。軍全体は夫差に示される目的をみることができても、目的より上にある志を失ってしまった。孫武が亡くなったあと、孫武の子は呉を去ったので、軍の志を知る者は伍子胥ひとりしかおらず、その伍子胥が自殺したとなれば、呉軍は個人的武略に重きをおく旧態にもどらざるをえなくなった。范蠡は呉軍と斉軍の戦いを自分の目でみたわけではないが、おそらく呉軍にあったのは兵術であり、兵法ではない。夫差には謙虚さがないため、孫武が遺してくれた兵法を、精密に学んだことはあるまい。むしろ越の君臣がその兵法を珍重している。両者の姿勢のちがいが、かならずきたるべき決戦で勝敗というかたちであらわれるであろう。

　范蠡は不安をいだかず、その時を待つことにした。ただし、

——これから二年は、呉だけでなく越も苦しいであろう。

と、范蠡はおもった。いうまでもなく成人男子が国内から払底する外征は、農業に損害を与える。とくに収穫の時期に農家に働き手がほとんどいなかったとなれば、たとえ豊作であっても収穫量は激減する。それがつぎの年の作付けにひびくことはまち

がいない。范蠡はそう予想したが、はたして翌年は不作となり、さらにその翌年は、秕がはびこって、国民の大半が飢渇した。

「餓死者をだすな」

句践のこの号令を承けて范蠡は国内を駆けずり回った。国内のどこにも余剰の穀物がなかったので、諸大夫に頭をさげることをやめて、楚の祭林に急使を送り、大量の穀物を輸送してもらった。

初冬、みずから船団を率いて会稽の津に到着した祭林は、出迎えた范蠡に、

「子西さまと子期さまが呉を攻めて、桐汭に達したことを、ご存じですか」

と、愉快そうにいった。

楚の首脳は呉の国力の衰弱がはなはだしいとみて、軍旅を催し、淮水ではなく南の江水をつかって大遠征を敢行した。その軍は長岸にさしかかる手前にある支流にはいって東行し、桐水と合流する地点まで進出した。さらにすすむと五湖にでることができ、湖を横切れば呉都を襲うことさえできる。

桐汭まで征った子西は、夫差にたいして、

「楚を甘く観るな」

と、恫喝したことになる。楚軍がそれほど近くまできたとなれば、呉は楚の攻撃に

備えねばならず、越にだけ用心しているわけにはいかなくなった。すでに呉の版図は縮小し、しかも防衛力を分散しなければならなくなった。

「あなたさまの外交力の成果ですよ」

祭林は范蠡が陰でどれほどの大仕事をやってきたかを洞察できるひとりである。微笑しただけの范蠡の意中をさぐるように、祭林はさらに近寄って、

「明年は、いよいよですか」

と、問うた。いよいよ呉を攻めるのか、と存念を質した。急に声を立てて笑った范蠡は、

「あなたに食料を運んでもらった国が、明年、征途の兵を養えようか」

と、いった。

「あっ、なるほど」

祭林は頭を掻きつつ、越と呉の決戦は再来年か、と予断した。

ところで、楚の令尹である子西の生涯を概観してみると、運気はこの年あたりが絶頂であった。呉の深部まで兵をすすめ、夫差をすくませ、楚軍に威風を回復させたのである。

——呉は凋落してゆくだけだ。

と、みた子西は、帰国後、年があらたまるとひとつの意望を実行にうつすことにした。呉に亡命して小領地をさずけられていた勝を呼びもどそうとした。勝とは、費無極の讒言によって太子の席を追われ、亡命先の鄭において客死した建（子木）の子である。子西は勝を帰国させて辺邑を与えることによって、父である平王の過ちをつぐないたかったにちがいない。それを、

「無用の情け」

として、勝を帰国させることに反対したのは、楚の北部を総監している葉公であった。が、その意見を棄却した子西は勝を招き、呉との国境近くに置いた。ところが楚都に上ってきた勝は白公と自称し、父を殺した鄭を攻めたいと子西に乞い、ゆるしを得た。しかしながら楚が鄭と同盟したため、白公勝は怒り、

「父の仇は、足もとにいる」

と、いって、ついに七月に乱を起こし、朝廷を攻めて、子西と弟の子期を殺した。子西にとって、情けが仇となったとしかいいようがない。この乱は葉公によって鎮められ、山中に逃げた白公勝は縊死した。恵王はぶじであった。

その騒乱については、冬に、諸稽郢から教えられた范蠡は、子西の死を悼みつつ、

——人の怨みほど恐ろしいものはない。

と、実感した。

すべての原因は平王の悖徳にあった。平王は自分の兄をあざむいて王位に即き、自分の太子に嫁いできた秦の公女を奪って、自分の正夫人とした。あまつさえ、太子を殺そうとし、太子の傅相であった伍子胥の父を誅した。平王は怨みの種を播きすぎたといえるであろう。ただしそういう平王でも、若いころから狡悪ではなかったとおもいたい。おのれの資格以上のものを求めたくなる時と場が与えられたがゆえに、人格がゆがんでしまった。権力が人を変えたといいかえてもよい。もしも平王にうしろめたさがあったのなら、せっかく王になったのであるから、多くの人を喜ばせて、うしろめたさを消せばよい。だが、そうすることができなかった平王について考えていた范蠡は、臼をつかまえて、

「人は、けっきょく、人を喜ばせた者が勝ちだな」

と、いった。

「急に、どうなさったのですか」

「人は威権の世界にまよいこむと、そんな単純なことも忘れてしまうということさ」

范蠡はこのことばをおのれにむかっていった。

冬のあいだ范蠡はかつてないほど忙しかった。この年は句践が十年間無税にすると

いった期間明けにあたり、徴税が再施行された。官の廩倉に穀物が盈ちてくる光景をひさしぶりにみた。越の農業は立ち直ったといってよい。

国力の回復ぶりを確認した句践は、廟前で長いあいだ禱り、さらに会稽山にも行って禹王の祠宇に供薦をおこなった。それを知った范蠡は、明年かならず出師がある、と胸中で断定した。

呉の国情にくわしい丁涼が、

「今年、呉は、飢饉でした」

と、いったので、范蠡は片耳をおさえ、

「それは、きかなかったことにする」

と、いった。越は弱体になった呉を攻めたと天下の人々にいわれては、おもしろくない。

すぐに新春を迎えた。

越と呉が雌雄を決する年である。

丁涼はいろいろな情報をもってくる。そのなかに、

「呉王と大宰のあいだに、齟齬が生じているようです」

というものがあった。范蠡は軽く笑った。

「齟齬が生じているのではなく、牙門が生じさせているのではないか」

「そこまでは、どうですか。とにかく呉王は軍事について大宰に諮問しなくなったようです」

それがまことであれば、夫差は伯嚭の軍事的能力に見切りをつけたことになる。たしかに伯嚭は戦場における働きできわだつことがなかったが、戦略と軍全体の督率において、欠かすことのできない人物にちがいない。その人物を夫差がないがしろにするようになったのは、なぜであるのかわからないが、越にとって朗報といえるのではないか。

丁涼は沈思するような目つきで、

「呉は自壊しつつあります」

と、いった。范蠡はまた片耳をおさえてみせた。

三月上旬に朝廷に集合させられた大夫は、五日後に、兵を率いて郊外に集まるように、句践に命じられた。帰宅の途中、車中で黙考していた范蠡は、家に着くとすぐに臼と丁涼それに妻の白斐という三人だけを自室にいれた。

「われはまもなく王に従って戦場におもむく。そなたたちは家を留守してもらう。呉との戦争は、長くなろう。なぜなら呉を完全に滅ぼすまで戦いがつづくからだ。が、越はけっして負けない。呉の滅亡がはっきりとみえたとき、われは使いをここによこす。その者のいったことに、かならず従うように。いまも、そのときも、なぜ、と問うてはならぬ」

范蠡は眉をひそめた三人に微笑する目をむけただけで、あとはなにもいわなかった。

五日後の早朝に、范蠡は家をでた。正午までにはすべての大夫が私兵を率いて郊外に集まった。そこで句践は前軍、中軍、後軍という三軍の編制をおこない、前軍の将に范蠡を、後軍の将に大夫種を任命し、自身は中軍を率いて、北進を開始した。

先年の征途とおなじように、曠の配下が先行してぬけめなく偵探をおこなった。禦兒をすぎ、檇李をすぎても、呉軍は出現せず、越軍の前途には晩春のもの憂い景色がひろがっているだけであった。

「奇妙ですね。敵に策があるのに、それを見落としているのかもしれません。弟に探らせましょうか」

匋東は不安をおぼえたらしい。

「いや、策は、敵を強、おのれを弱、と自覚した者の発想だ。呉王の認識にはそれはない。また呉軍の帷幄には計策を立てる軍師も謀臣もいない。曠を信じてすすめばよい」

范蠡は大胆細心の将になっていた。

湖上の影

呉都まで、あと三日もあれば着いてしまう。

范蠡に率いられた越の前軍がその地点まで進出したとき、偵候をおこなっている曠の隊から、

「呉王は、笠沢の川の北岸に、邀撃の陣を布いています」

という急報がもたらされた。笠沢は湿地帯であり、そこに外海と五湖をつなぐ川が東西にながれている。

――明日には、その川の南岸に到る。

と、想った范蠡は、呉軍の布陣の詳細を調べるように、曠の使いに命じた。同時に、中軍にいる越王句践に条信を使者として遣った。

条信を送りだした匋東は首をかしげ、

「まったく呉王らしくない。自国内で戦うと、兵は逃げ帰る家が近いので、退路を気にして、敵と必死に戦わない。それゆえ、一歩でも国境の外にでて戦うのが、兵略の常道なのに、呉王はそれさえ忘れている」

と、いった。匋東の感想には通有の理法がふくまれているが、自国で戦う将卒は地形に精通しているので、地の利によって敵の虚を衝き、勝利する場合もある。ただし笠沢のあたりに丘阜はほとんどなく、また草の丈も高くないので、兵を隠しにくい。

続報がはいった。呉軍を構成する上軍、中軍、下軍はほぼ横に並んでいるという。左軍と右軍はみあたらないらしい。するといまの呉軍は、鶴翼の陣を布いている、とみてよい。

それについても、匋東は匋太をつかって句践に報せた。

「呉軍は痩せましたね」

匋東は呉軍の兵力を読んで、そういった。左軍と右軍を作るゆとりを、もはや呉軍はもっていない。

条信と匋太はいっしょに復ってきて、

「前軍は停止せよ、という王のご命令です」

と、范蠡に告げた。呉の中軍の位置を知った句践の脳裡に臨機の策が浮かんだのであろう。

たしかに句践は、敵の両翼を本体から切り離してやろうと発想した。すぐに諸稽郢と皐如にそれぞれ五千の兵を属け、諸稽郢を西へ、皐如を東へまわらせて、呉軍を東西から攻撃させることにした。

「呉軍の脇を衝いたら、塁塹の内に引き、呉軍の猛攻に耐えよ」

そう命じた句践は両将を出発させた。一万の兵を送りだしても、なお三万比い兵がいる。句践が十年がかりで人口を増やしつづけた成果がこれである。

翌日に、その別働隊は川を渡渉し、翌々日に塁塹を造った。それから、早朝に呉軍にむかって急襲を敢行した。

自軍を左右から攻撃されたと知った夫差は、上軍を右すなわち西へ、下軍を左すなわち東へすすませて、応戦させた。両翼を離したのである。呉軍は諜報能力がいちじるしく低下しており、越の別働隊の進出に気づかず、句践がいる中軍の位置も正確には知らなかった。この呉軍の精彩のなさは、夫差の意気が消沈しつづけているせいであり、夫差は軍事だけでなく内政についても、なげやりであった。かれは太子友を喪ったあと、帰国して、国内が荒廃していることにはじめて気づき、愕然とした。重臣のすべてがそのことをかくして、遠征を勧めた事実をふりかえった夫差は、重臣への不信をつのらせた。が、国政改革の意欲も失せ、やりたいようにやるがよい、と親政における熱意も冷ましてしまった。飢饉で餓死者を多くだしても、国としていささかも手当をしなかった。そのせいで民心は呉王から離れ、国力は急速に衰弱した。徴兵に応える民力が乏しいというのが呉の実情であった。

三日間、停止していた越の前軍に、

「夜間に、前進せよ」

という句践の指示が与えられた。すみやかにその指示に従った范蠡は、夜が明けぬうちに南岸に立った。旗竿が明るむころ、うしろから太鼓の音がながれてきた。前軍の直後まで中軍がすすんできたということであり、しかもその太鼓は攻撃命令である。

「川を渉って、突進する。ゆけ」

范蠡の号令で、先鋒の兵はいっせいに渡渉をはじめた。北岸の防備が薄い。夫差のいる中軍が露呈している。その中軍にむかって越の三軍が集中攻撃するのである。

――わが王の策とは、これか。

上陸した范蠡は、その時点で、勝ちを確信した。

范蠡の前軍が戦闘にはいったころ、句践の中軍が渡渉を終え、さらに大夫種の後軍が南岸に達した。

呉軍のなかでも中軍が最強ではあるが、范蠡の前軍は弾き飛ばされなかった。嚙みついたかたちで粘りにねばった。とはいえ、いつのまにか後退していた。范蠡は夫差と格闘しているような気分になった。二時後、力負けしそうになったとき、越の中軍が戦場に割り込んできた。この大集団は、疲れた前軍にかわって呉の中軍を襲い、短時間で、押しすすんだ。疲労の色がではじめた呉兵は、ここからが死闘であった。精気そのものの越兵も、さすがにたじろいだが、一進一退をくりかえすうちに、呉軍の後尾が崩れた。上陸した大夫種の後軍がこの戦場を迂回して、呉軍の退路をふさぐ気配をみせたからである。それを知った句践は、

「種に、応変の才あり」

と、高らかに称め、まもなく呉軍は敗走するぞ、呉王をのがすな、と近くの兵にいった。

日没まえに呉軍は大潰走をはじめた。

じつは笠沢の戦いは、両国の命運を決定するほどの大戦であったが、退却した夫差と追撃した句践に、そういう歴史的な意識はなかったであろう。

越軍のなかで後軍の追撃がもっとも速く、しかも烈しかった。前軍がもっとも遅く

魯かった。だが、范蠡は、

「これでよい。殊勲者は、大夫種だ」

と、左右にいい、昼夜、北進をつづけた。

越軍の追撃は苛烈であったが、夫差は斃れることなく、姑蘇の城に帰り着いた。

「あっ、大王――」

留守していた伯嚭は夫差をかばうようなしぐさをみせたが、夫差はその手を無言で払いのけ、ふりかえりもしなかった。伯嚭は内心舌打ちをした。

翌日に姑蘇の城外に到着した句践は、

「大蛇が穴にもぐりこんだとなれば、でてくるのを待つしかない」

と、いい、ほとんど城攻めをおこなわず、引き揚げた。越軍の大勝を知った国民は、凱旋の王を迎えて、沸きにわいた。うわついたことを好まない范蠡にしてはめずらしく自邸で祝勝会を催した。范蠡の性質を深く理解しているつもりの臼は、宴席についたあと、となりの丁涼に、

「呉王の息の根をとめたわけでもないのに、この祝賀は、解せぬことだ」

と、いった。しばらく考えていた丁涼は、

「婢僕まで酒肉がくばられています。ねぎらいかたが尋常ではありません。まるで主

はこの邸を去るようで、すべての家人の長年の労に感謝しているようではありませんか」

と、低い声でいった。臼は酔趣が飛ぶほどおどろき、瞠目した。

——呉王の反撃はあるのか。

大勝に酔っているわけではない范蠡は、国内の歓情がしずまると、呉の都下まで人をいれて探らせた。が、年を越しても、出師の気配はなく、夫差は沈黙したままであった。が、その沈黙が一年ではなく、二年、三年とつづけば、ぶきみである。

夫差の呉軍と野で戦うつもりであった句践も、待ちくたびれたらしく、范蠡を呼んで、

「笠沢の戦いから、すでに三年が経った。しかるに呉王は軍旅を催さぬ。なにゆえであるか」

と、問うた。

「呉王の生活も、国政も、すさんでおります。呉の公子である慶忌が、このままでは国が滅亡する、としばしば呉王を諫めましたが、聴かれなかったので、楚に亡命しました。もはや呉王は国政に無関心であるどころか、生きることに厭きたのではないでしょうか」

「そういう呉王にたいして、攻伐の兵を挙げるわれは、天下の人々から非難されないであろうか」

呉を攻めることが、病人に鞭をふるう行為にみなされては、勝つことが逆効果となる。

「無道の君主を討つのです。たれに非難されましょうか。いま呉の民は秕政に苦しんでいるのです。むしろ越王の入国を歓迎するでありましょう」

句践が呉を攻めることは、理勢の上にある。ここにきて范蠡には気がかりなことはいっさいない。

「よし、わかった。われは冬に出師するであろう。このことを呉の君臣に知ってもらうべく、喧伝せよ」

「うけたまわりました」

句践の意図が范蠡にはすぐにわかった。呉に戦いのための準備を充分におこなわせ、夫差を城からだそうというのであろう。野天で戦って夫差に勝つ自信が句践にはあるということである。

晩秋に、范蠡は多くの人を放って、句践と越軍が冬に発つことを、呉都の人々に知らしめた。十月になって、呉に動きが生じた。大量の兵糧が城内にはこびこまれてい

るらしい。まさか、とおもいつつ、句践に面謁した范蠡は、

「呉王は城外にでず、籠城するつもりではないでしょうか」

と、言上した。句践も意外であったらしく、

「あの呉王が、病気でもないのに、城中で横臥したままでいようか。兵馬をだしてみれば、わかることだ」

と、いい、寒風の吹く十一月に出師した。越軍の兵力は先年のそれよりさらに増大した。昔、句践に粥を食べさせてもらった童子が、いまや少壮の兵士となって出征している。

国境を越えた越軍の前途に、一兵の敵兵も出現しなかった。まっすぐに姑蘇の城外に到着した句践は、多少の失望をおぼえたらしく、

「そなたの予想した通りであった」

と、范蠡に苦笑をむけた。

「城兵が多ければ、それだけ涸渇するのが早まります。いま城内にいる兵の数は、一万未満でしょう」

「城が涸れるまで、待つしかないのか……」

句践は包囲陣を設置しただけで、いっさい攻撃をおこなわなかった。静謐な対峙と

なった。

范蠡は城をながめながら、

――なぜ夫差は籠城したのか。

と、考えた。ふつう籠城は援軍をあてにしておこなうものである。が、姑蘇にはどこからも援軍はこない。夫差は諸国を恫喝するばかりで、扶助しあうような外交をおこなってこなかった。それを承知で夫差が籠城したのであれば、自滅を覚悟したことになる。すぐに降伏すれば、生きのびる道がないわけではないのに、そうしなかったところに、夫差の意地の残滓がある、とみるしかない。

ところで、この時点で、范蠡が探知しえなかったことがひとつある。楚に亡命していた公子慶忌は、冬に越軍が呉を攻めることを知り、急遽、呉に帰って、夫差に越と和睦するように進言した。自分が使者となって越におもむく、といった。が、和睦の内容に、これまで呉王を誤らせてきた者をことごとく除く、とあったことから、かれは大臣に暗殺された。その大臣がたれであるのかははっきりしないが、伯嚭が暗殺者をさしむけたとみたくなる。

さて、越軍の滞陣は予想以上に長くなった。一年半がすぎた。句践は軍の指麾を大夫種と范蠡にまかせて、ときどき帰国した。晩秋の収穫をみとどけて、陣にもどって

きた句践は、

「まもなく初冬になる。これほど長い籠城は、きいたことがない。呉王は城内の食料が尽きない工夫をしたのだろうか」

と、范蠡に問うた。

「いえ、城内は飢渇の状態でしょう。死を目前にした城兵は、突如、撃ってでることがありますので、ご用心なさるべきです」

この日から、十日後に、伯嚭の密使である郤京が范蠡の陣に飛び込んできた。かれは空腹のあまり、いちど気絶したので、雀中と匈太に看護させた。翌日、生気をとりもどした郤京を本営につれてゆき、句践に謁見させた。句践は表情をこわばらせ、

「呉の大宰がひそかに門を開くというのか。われは主を裏切る者を臣下にしたくない。不忠者め。この者を、斬れ」

と、厳しく命じた。句践の潔癖があらわれた処置である。

郤京が斬首されたあとに、范蠡のまえに雀中と匈太が坐った。まず雀中が、郤京の声にききおぼえがある、といった。昔、宛の范氏の家を襲った盗賊団の首領と話しあっていた配下の声にきわめて似ている。すると、そのときの首領は、いまの大宰伯嚭ということになる。つぎに匈太は、息をふきかえした郤京が、こうなるのならあのと

き晋へゆけばよかった、とつぶやいたことをきいた、と述べた。すなわち伯嚭は族人を率いて楚を脱出する途中で、范氏の家を襲ったあと、父祖の国である晋をめざしたが、河水をまえにして考えを変え、呉に亡命した。

「主は伯嚭の顔をよくご存じでしょう。どこかに傷がありませんか。わたしの投げた石が顔面にあたったはずです」

と、いった雀中は拳をにぎった。

「そういわれれば、眉のふちに小さな疵があるが……」

そういいつつも、范蠡の胸裡に、父の仇として伯嚭を憎悪する感情は湧かなかった。まもなく伯嚭は夫差とともに城内で死ぬ、と想ったからであろう。

ついに十一月に、城門が開いた。

その門から呉兵が出撃したわけではない。門は伯嚭の家臣によって密かに開かれ、最初に大夫種の麾下の兵が城内にはいった。ついで越の王族の兵が突入し、范蠡の兵が城内になだれこんだのは、そのあとである。

衰弱しきった城兵をみた范蠡は、すぐに、

「むやみに敵兵を斬ってはならぬ」

と、配下に命じ、宮中の奥へ奥へとすすんだ。

宮城のなかでひときわめだつ高層建築を、姑蘇台、といい、そこにのぼった夫差を数百の城兵が衛った。越兵は姑蘇台を幾重にも囲んだ。やがて台のなかから夫差の使者である公孫雒がでてきて、句践のもとまでゆき、

「会稽の和を許されますように」

と、訴えた。会稽山に立て籠もったあなたを呉王は殺さず和睦を許したではありませんか、それを憶いだしていただきたい、といったのである。とたんに句践に逡巡の色が浮かんだ。それをみた范蠡はすすみでて、

「柯を伐る者はその則遠からず、と申すではありませんか。いま王はためらっておられますが、会稽の恥をお忘れになったのですか」

と、強くいい、公孫雒をしりぞけさせた。

なお、柯とは斧の柄をいい、『詩』に、柯を伐り、柯を伐る、という一句がある。要するに斧の柄をつくろうとするなら、いま自分がもっている斧の柄の長さを基準にすればよい、というたとえに用いられる。会稽の和睦がその後どういう事態を生じさせたか、句践がもっともよく知っていることではないか。

いちどかえった公孫雒が、ふたたびきた。地に這うごとき容態で句践に訴願した。さすがに句践に憐憫が生じた。

——その情ひとつが、天の時にそむくものだ。

と、おもった范蠡は、

「十年以上、辛苦し、呉を伐つ計画を立ててきたのに、一朝にしてそれをお棄てになるのですか。王よ、和睦をお許しになってはなりません」

と、強諫した。

「つらい。われは使者に告げられぬ。そなたが答えよ」

句践にそういわれた范蠡は、しばらく公孫雒と問答したあと、かれを追い返した。

公孫雒は怨みがましく、

「范蠡どのは、天を助けて、暴虐をなそうとしている。それは不祥ですぞ」

と、いった。心中、うなずいた范蠡は、われは王にかわって悪も不祥もひきうけ、それらを棄て去る術を知っている、と念った。

だが、句践は非情になりきれず、悩んだあとに、諸稽郢を姑蘇台へ遣り、夫差にこうつたえさせた。

「王よ、死んではなりません。人が地上で生きているのは、仮寓にすぎません。そこで人は何年生きるのでしょうか。わたしは王を甬句東にお移しし、王のお気に入りの夫婦三百人を奉仕させますので、天寿をまっとうされよ」

甬句東は外海に浮かぶ島である。

それをきいても夫差はわずかな喜色もみせず、

「われは老いた。君王にお仕えすることはできぬ」

とだけいい、諸稽郢に背をむけた。

この年、夫差は五十代のなかばまでまだ遠いという年齢で、老いた、という表現にあたらない。しかし諸稽郢がみたその背中は、老人のようであった。

台からおりてきた諸稽郢が左右に首をふったので、夫差の死が近いと予感した范蠡は、匍太と飛弇それに方玄にいいふくめて自家へ走らせ、魴化と魴必には、

「魴丁のもとへゆき、食邑を王室に返上させる準備をさせよ」

と、命じた。さらに曠を招き、

「すこし大きな船を一艘もらいたい」

と、いってかれをおどろかせた。これがわれの術よ、と范蠡は胸を張ったが、その胸にしとしととふるものがあった。

数日後、夫差は自剄した。

死ぬまぎわに伍子胥の忠心をしみじみと悟ったようで、

「われは、なんの面目あって、伍員に会えようか」

と、いった。

夫差の死を確認した句践のまえに伯嚭がひきすえられた。句践は伯嚭に冷眼(れいがん)をむけた。

「呉王を悪徳の道にいざなったそなたは死なねばならぬ」

「越兵に門を開いたのは、われですぞ」

「されば、なおさらである」

「われを殺せば、王者しか保持できぬ至宝(しほう)が入手できませぬぞ」

「そのような物があるなら、みせてみよ。それをみてから、そなたの生死を定めよう」

句践にそういわれた伯嚭は、数人の兵士にとりかこまれながら、王室の蔵にはいり、床(ゆか)をはずして秘密の地下室におりてから、木の箱をもってあがってきた。その箱をささげて歩き、句践のまえにふたたび坐った。

「箱をあけよ」

句践にそういわれるまえに箱の蓋(ふた)に手をかけていた伯嚭は、黄金の楯(たて)をとりだした。それをみた范蠡は、

――わが家にあった楯だ。

と、雷にうたれたように全身がふるえた。

「いかがですか。とくとご高覧あれ」

楯をささげて伯嚭が句践に近づいてゆく。その手を視た范蠡は、この男はあのしかけを知っている、と気づき、剣をぬくや、

「王よ、楯をうけとってはなりませぬ」

と、叫び、趨って伯嚭を刺しつらぬいた。伯嚭の手は、楯のなかから剣をぬきかけていた。

いちどのけぞった句践は、もつれる足で屍体に近づき、

「これは、どうしたことか」

と、問い、いぶかるように范蠡をみつめた。剣についた鮮血を伯嚭の衣服でぬぐった范蠡は、おもむろに剣を斂めて起った。

「この者はわが父を殺しました。失礼ながら、ここで仇討ちをさせてもらいました。なお、この楯は不浄そのものです。水底にお沈めください」

范蠡はそう答えてから、

「内密に申し上げたいことがございます。どうか馬車にお乗りください。それがしが御をいたします」

と、范仲卓にむかって手招きをした。すると范仲卓がふりかえって手を挙げた。それが合図で、馬車があらわれた。

句践と范蠡が馬車に乗ると、その馬車のうしろに十乗ほどの馬車がつづいた。句践の側近と范蠡の重臣が乗った馬車である。

馬車は西行して、五湖のほとりに到った。

馬車をおりて側近を遠ざけた句践は、桟橋に一艘の船が着いているのをみて、

「なるほど、内密の話は、あの船のなかでか……」

と、うなずいた。

「いえ、あの船に乗るのは、わたしと家臣のみでございます」

「どういうことか」

句践は眉をひそめた。

「越には帰りません。衆前でそう申すと、動揺がひろがりますので、ここまでご足労をたまわりました」

「そなたが申していることが、われにはわからぬ」

「君辱しめらるれば臣死す。かつて王が会稽山で辱しめられたのに、わたしが死ななかったのは、この日のためです。すでに事が成ったのですから、わたしは罰をうけな

ければなりません。流刑がしかるべしでしょう」

驚愕した句践はことばを尽くして范蠡をひきとめた。が、范蠡は深々と頭をさげて、

「これからのわたしは鴟夷子皮と称するでありましょう」

と、告げたあと、家臣とともに船に乗って去った。鴟夷は馬の皮袋で、死罪に処せられた者はその袋にいれられて水に流される。范蠡は流刑といったが、真意は、范蠡は死んだものとおもっていただきたい、ということであった。

呆然と船の影を見送った句践は、帰国後、范蠡の功績を顕彰するために、会稽の周囲三百里を范蠡の領地とした。それに関しては、会稽山を采邑としたという説もある。

ちなみに、呉の全土を併呑した句践は、軍を北上させて淮水を渡り、斉、晋などの諸侯と徐州で会同した。その後、周王室へ貢献をおこなったため、周王は句践を、

「伯」

に認定した。伯は覇と同義語であり、諸侯のなかの長を指す。

さらに句践は淮水のほとりの地を楚に与え、呉が宋から不当に奪った地を返還し、魯には泗水の東の地六百里を与えた。この処置に感嘆した諸侯は、

「句践こそ覇王である」

と、賛嘆した。しかしながら句践は長寿の人ではなかった。呉を滅ぼした年から八年後に薨じた。会稽山に囚われてから十数年も粗食をつらぬき、心身を苦しめたことが、健康をそこなう原因になったのかもしれない。


さて、范蠡はどうなったか。


船に乗って五湖から江水にでた范蠡は、下流の朱方に到り、朱角家にはいった。そこで家族とほかの家人の到着を待った。

戦場から范蠡に随従してきた家臣のなかで武術にすぐれた者には、推薦状を渡し、

「これを持って、阜如あるいは胥孟のもとへ往け」

と、去らせた。匃東には、

「なんじと弟は、諸稽郢に重宝される。どうだ、往かぬか」

と、意思をたしかめた。すると匃東は、

「弟はいざ知らず、われは闘争場裡に厭き申した。主の未来の世界で遊渉したい」

と、笑いながら答えた。残る者もいれば、去る者もいる。長男が宝楽家で働いてい

る沚祖は去った。戟を棄てた雀中は、

「主は賈人におもどりになるのよ。かならずそうだ。しかも財産は王侯をしのぐほどの大賈になられる。われにはわかる」

と、崘に教えた。崘はすでに三十三歳である。あの潜水に長けた少年がいまや范蠡のそばを片時もはなれぬ従者になっている。

やがて白斐がふたりの子、すなわち范白秋と范商に護られて到着した。白秋の年齢は二十二、商は十九である。さらに臼と丁涼に引率されてきた家人が六十余人いた。むろんそのなかには女や子どももいる。

范蠡は朱角に会って、

「われに従う者が八十人ほどいる。すまぬがわれと従者を、船で斉へ送ってくれまいか。荷物も多い」

と、頼んだ。

「たやすいことでございます。あなたさまは愚息を越随一の賈人にひきたててくださった大恩人です。それごときのご用命をはたさずにいられましょうや」

朱角は大船を用意し、外海にでて、范蠡らを斉へ送りとどけた。

范蠡は首都の臨淄にははいらず、海に近い地に居を構えた。范蠡の心中には強い念いがある。計然先生から教えられた要訣は七つあり、そのうち五つを実行しただけで、越を富国にした。おなじことを個人でやってみたい。

「まずは農耕であるが、斉といえば、なんといっても塩だ。海産物に目くばりをしなくてはなるまい」

范蠡は農人のかっこうをしながらも、商人の才覚が発揮されることになった。遅れてやってきた訇太と飛弁の報告をきいた范蠡は、

「魴氏の三兄弟の処遇がそれなら、慶事とすべきだが、大夫種はなあ……」

と、さほど喜ばなかった。魴化、魴丁、魴必という兄弟は、范蠡の食邑返上の際に、句践から声をかけられて、あらたに定められた范蠡の領地の管理者に任命された。それにはなんの問題もないが、大夫種が勲労第一と褒賞され、大きな食邑をさずけられ、正卿として絶大な権力をもつことになった、そこに范蠡は不安をおぼえたのである。

人は、環境と地位のちがいによって、変わるものである。他人への好悪の方向、角度、濃淡さえ変わる。そう考える范蠡は大夫種に書翰を送って忠告した。

「飛鳥が尽きれば、良弓は蔵われる。狡兎が死ねば、走狗は烹られる。越王という人は、患難をともにすることはできても、楽しみをともにすることはできない。あなた

はどうして越を去らないのか」

　この書翰を読んだ大夫種は懊悩しはじめた。いまの地位と名誉を棄てて越をでるというのは、かなりの勇気を要する。権力のありすぎる臣下を君主がうとましく感じるのは、ありうることではあるが、自分が句践にそうおもわれないようにするには、どうしたらよいか。

　ついに大夫種は病と称して朝廷にでなくなった。これは一種の工夫であり、最上位の地位からおりて、韜晦したつもりであった。が、この工夫は裏目にでた。句践に讒言する者がいた。

「大夫種は叛乱をたくらんでいるのです」

　句践はこの言を容れ、大夫種に剣をさずけて、自殺させた。これはおのれの治道を翳らせる障害物を撤去したことになるであろう。

　こうなると、范蠡は早くから句践の深奥にある冷ややかなねじれのようなものを洞察していた、といってよい。たぶん、そのきっかけは、句践が秘密裡に西施を始末することを知ったところにあった。

　さて、斉に移住した范蠡は数年で巨きな財を築いた。奇術を用いたわけではない。理に理を積んでゆくと奇術にみえるときがある。このふしぎな実業家についてのうわ

さは、斉の君臣の耳にもとどいた。関心をいだいた大臣が人を遣ってしらべさせると、

「その鴟夷子皮と称する人物は、なんと越の范蠡であったわ」

と、知り、知ったことを朝廷で吹聴した。そこで斉の首脳は賓客の礼をもって范蠡を招いた。

――もう国政にたずさわりたくない。

と、意っていた范蠡であるが、その招きを拒絶せず、斉都へ往って、政策に関する諮問に丁寧に答えた。それは卓見というべきものであった。ついに范蠡は卿とおなじ待遇をうけて、国策に関与することになった。嘆息した范蠡は、

「ここにわれの本意はない」

と、いい、殊遇を辞退して斉をはなれると、西行をつづけ、陶、に到った。この邑は済水に臨んでいて、かつて曹という国の首都であった。水利がよいので、いまや中原最大の交易港になりつつある。

陶の邑にはいった丁涼は、

「ここです。ここそ主がお住みになるべき地です」

と、地を指し、天を指して喜躍した。すでに臼が老齢なので、丁涼が范蠡家を裁量

している。范蠡の商賈のやりかたは、売り手を喜ばせ、買い手を喜ばせ、働き手を喜ばせる、というもので、儲けるためにあくどいことをなにひとつやらない。その精神を全身全霊でうけとめた丁涼は、范蠡を仰いで、

——この人は過去のいかなる聖王にもまさる。

と、絶賛した。范蠡はたれにも支配されず、たれも支配しない。この時代、自由人、という概念はないであろうが、范蠡が最初にそれを具現化したといってよいであろう。

范蠡と従者は陶に定住した。それを妻の実家である宝楽家に報せたこともあって、いちはやく朱梅と牙門が船をつらねるようにやってきた。范蠡に再会した牙門はとくに感激し、

「わたしの父の仇も、あなたさまに討っていただきました」

と、いい、涙をながして喜んだ。さらに丁涼をみて、

「みちがえるほど立派になったなあ。大国の大夫も、なんじほどではない。うらやましいかぎりだ」

と、称めちぎった。ふたたび范蠡に顔をむけた牙門は、

「まえに申し上げたように、わたしはあなたさまにお仕えしているつもりです。いか

なるご用も、喜んでやらせてもらいます」

と、いった。朱梅も同様なことをいったが、さいごに、大夫種の死を告げた。

「吁々――」

ふたりが去ったあと、范蠡は自殺した親友のために哭礼をおこなった。

陶では新興の范蠡家に、各国の大商人の船が続々とやってきたので、地元の人々は怪しみおどろいた。

ここでも范蠡は数年のうちに巨万の富を得た。起業時の資本が大きいので、利幅を小さくしても、事業の規模が尋常ではないため、財はつみかさなるばかりであった。

范蠡は天下の人々から羨望の目でみられ、

「陶朱公」

と、呼ばれるようになった。范蠡が朱色を好んだことによる。

だが、范蠡家に不幸が生じた。

商売のために楚へ往った次男の范商が、人を殺した罪により、楚王によって死刑に処せられた。長男の范白秋がその遺骸をもち帰った。それをみた白斐は、悲嘆にくれて、体調をくずし、ついに病歿した。

――わが子を殺したのは、越姫が産んだ恵王か……。

われはあれほど尽くした越に復讎(ふくしゅう)されたのか、とさびしく笑った范蠡は、

「向後(こうご)、商賈は、なんじにまかせる」

と、白秋にいい、済水に近い小丘(しょうきゅう)に別宅を建ててそこに移った。店に顔をだすのは、月に一度程度とした。范蠡は六十代のなかばをすぎた。花鳥風月を愛(め)でてすごす齢(とし)になった。

ある日、店へゆくと、家人は荷ほどきに忙殺されていた。荷のなかみは毛皮である。

「千枚あります」

と、白秋はいった。その毛皮を裘(かわごろも)に仕立てるのである。

「あっ、父上、荷がさきに届きましたが、あとで鄭(てい)の班仙(はんせん)という商人がきます。その商人は父上にお目にかかりたい、とのことです」

「いや、われは会わぬ。なんじが応接しておけ」

范蠡は別宅にもどった。

翌日、一乗の馬車が丘をのぼってきた。

「客人のようです」

と、崘が報告にきた。

「門をあけるまでもない。謝絶せよ」

　このいいつけに従って崘は往復したが、飛ぶように復ってきた。

「大変な客人です」

「昨日、白秋がいっていた班仙がきたのか」

　わずかにいやな顔をした范蠡は、崘のおどろきに満ちた挙止をいぶかりつつ、腰をあげた。

　馬車からおりたのは女人である。頭巾をとらないまま堂にあがった女人は、范蠡があらわれると、頭巾をとって一礼した。

「西施――。あなたが班仙か」

「さようです。あなたさまがいくたびも名を変えられたように、わたしも湖嬋となり、さらに祭林どのの紹介によって、鄭の班家に保庇されながら商売をおぼえ、その家の養女となり、班仙と称するようになりました」

「天空を飛翔するように、諸国を飛び回った……」

　そういいつつ、范蠡は、ふと、ここが湖の底であるような気がしてきた。鴟夷子皮はみずから湖に沈んだつもりでつけた名である。

「ここは見晴らしのよい宅でございますね」

「ああ、水も草木も、すべて翠緑(すいりょく)で、ふる雨も、吹く風も翠(みどり)だ」

「わたしを十日ほど、逗留(とうりゅう)させてくださいますか」

范蠡は西施をまっすぐにみつめて、

「十日どころか、百日も、千日もいればよい。ここには時はない」

と、いい、温かみのある微笑を浮かべた。

ほどなく雨の音がした。

（完）

あとがき

日本人がよく知っていることわざに、

「臥薪嘗胆」

というものがある。薪の上に臥て、胆を嘗め、仇討ちの志を保ちつづけたことをいう。

薪の上に臥たのが、呉王夫差であり、胆を嘗めたのが、越王句践である。句践は勾践とも書かれる。が、『春秋左氏伝』と『国語』さらに司馬遷の『史記』も、句の文字をつかっているので、句践と記すのがよいであろう。かなりあとになって著された『十八史略』に、勾の文字が用いられたため、それを襲用する人が増えたとおもわれる。念のために『十八史略』を読んでみると、越軍に殺された呉王闔廬の仇を討つために、夫差は、

——朝夕薪中に臥す。

と、あった。薪の上ではなく、薪の中に臥たというわけである。実際は、夫差は薪の上にも中にも臥なかったので、その潤色ははなはだしいといわざるをえない。

また闔廬と夫差は父子であるとみなされてきたが、年表を作ってみると、それを信

ずるのは危険だとおもわれてきた。闔廬にはれっきとした太子がいた。が、その名が急に消えてしまい、闔廬が亡くなる際にあらわれた後継者が夫差である。この夫差を、太子の弟とみるか、子とみるか、ということになるが、もともと闔廬は血胤の正統を主張するために、国王である叔父を暗殺した人であるから、兄弟相続を否定したであろう。すると、夫差は太子の弟ではなく子でなくてはならない。つまり夫差は闔廬の嫡孫とみるべきであろう。

ことわっておくが、それらの大半は私の推定にすぎない。が、呉にかぎらず、越にも、曖昧模糊とした事象が多く、たぶんどれほど調べても、歴史的事実にゆきあたらない。二十年ほどまえに、いちど呉越の戦いを書きたいとおもって、史料をあたってみたが、すぐにあきらめた。『春秋左氏伝』に、伍子胥は登場するが、范蠡の名さえない。ほかの史料についていえば、『史記』さえも呉越に関しては歴史書ではなく、説話集といった容体なので、ことがらに装飾が多いか、あるいは簡素すぎて、私が知りたい時間的経緯が不透明なのである。書きたくても、手がだせない国と人物それに時代がそこにあった。

ところが十年まえに、講談社の「小説現代」に連載小説を――、と説かれたとき、呉越に挑戦したい、とおもった。史料の穿鑿はむだだとわかっていたので、自分なりの史観で小説を立ち上げればなんとかなる、と肚をくった。ここでやらなければ、一生、呉越は書けない、と強く感じたからである。

だが、またしても難関は范蠡であった。連載開始がせまってきたのに、なんどころみても冒頭の文が書きだせなかった。どこかにむりがあるので書きだせない、とわかっていながら、ひとつのイメージにこだわった。少年の范蠡が、のちに暗殺者となる呉の鱄設諸と会うシーンからはじめたい。だが、このシーンには暗さがつきまとっている。冒頭が暗ければ、小説全体が暗くなってしまう。それがわかるので筆が竦んでしまうのである。

また、そこからはじめると、鱄設諸を范蠡の実家へ遣った伍子胥のそこまでのいきさつを回想的に書かねばならない。伍子胥が楚から呉へ亡命する理由を簡単に書けるはずもない。となれば、回想部分が巨きすぎて、小説のすすみが留滞してしまう。

——小説の起点が悪い。

呉越の戦いに話をしぼるのが、むりなのである。その二国に動力を与えたのが伍子胥であるかぎり、伍子胥から小説を発たせればよい。それに気づくのに十日以上もかかったのであるから、魯鈍というしかない。伍子胥を楚都の津に立たせることに決めると、小説世界がむりなくひらけた。

伍子胥の長い旅がはじまると同時に、小説も長い連載にはいったが、まさか九年余もつづくとはおもわなかった。「文藝春秋」の『三国志』が十二年余つづいたので、これはそれにつぐ長さである。

雑誌掲載の最初の担当者は今井秀美さんで、かれの励声(れいせい)のすさまじさに、私は煽(あお)られ通しであったといってよい。むろん苦痛ではなかった。むしろ、春秋時代末期の世界になみなみならぬ興味をもってくれたことに、感心した。今井さんのあとが、安藤茜さんである。この人は、今井さんのような激情家ではないが、落ち着きのなかに熱い芯(しん)がある人である。途中からの担当なので、作品の上に乗せる気持ちにとまどいがあったようだが、それも早々に熄(や)んだとみえた。范蠡が登場したときに、

「執筆の最初の計画は、ここからだったのですか」

と、あきれ顔で私にいった表情が忘れられない。最終章まで伴走してくれたことをおもえば、伍子胥と范蠡は彼女に感謝すべきである。なお彼女の上司というべき編集長は、連載がはじまったときは秋元直樹さんであったが、それから佐藤辰宣さんとなり、最後は塩見篤史さんになった。三人の編集長には温かく気づかってもらった。

さて、出版部の人々についていえば、私が講談社から最初に刊行してもらった『俠(きょう)骨記(こつき)』が文芸第一という出版部のあつかいであったことから、この連載小説も文芸第

一が単行本化してくれた。部員の嶋田哲也さんは名古屋時代の私を知っているかずすくないひとりで、なにごとも安心してまかせられる人である。部長の石坂秀之さんは、話のわかる人で、中央線沿いの作家にもくわしく、対話をかさねればさらに楽しかった。なお、講談社に機構改革があり、文芸第一とか第二などという呼称は消え、この本の刊行は「小説現代」の安藤さんの手に移った。

ところで本が刊行されるたびに、側面から応援してくれたのが文庫部の人たちで、新町真弓さん、鈴木有介さん、渡部達郎さん、竹内美緒さんの熱気はいまも忘れがたい。

それらの人たちよりもはるかに長くつきあってくれているのが、装幀家の菊地信義(きくちのぶよし)さんと画家の原田維夫(はらだつなお)さんである。私の本の大半は菊地さんの装幀である。菊地さんの装幀による本を書棚におさめてながめていると、ひときわ美しい、という読者からの便りが憶(おも)いだされる。原田さんの版画は、この小説世界で、いっそうのびやかになった。原田さんは万年青年のような人で、いまは七十代という年齢であるが、八十代になっても若々しいままであろう。

二〇二〇年七月吉日

宮城谷昌光

解説

湯川 豊

古代中国の春秋と称ばれている時代の、呉越対立の物語である。いやそれ以上に、楚の高官の生れである伍子胥と、同じく楚の生れで大商人の一族出身の范蠡という二人の人間の物語というおもむきがある。二人が直接に対立するのは、長い歴史のなかで見ればわずか一瞬ともいえそうだが、それに至るまでこの大長篇小説が孕んでいる時間はじつに長い。

小説のかかえている時間が長い、というだけではない。小説のなかで時間がなかなか進まないのである。進まないままに、伍子胥という稀有な人物がまことに豊富なエピソードのなかから、ゆっくりと現われてくる。そして伍子胥という人物が、そのままこの時代のあり方を語っているかのようでもある。

宮城谷昌光氏は、「あとがき」のなかで、呉越を書きたい、挑戦したいと思ったが、小説の起点が見つからなかった、と書いている。

《呉越の戦いに話をしぼるのが、むりなのである。その二国に動力を与えたのが伍子胥であるかぎり、伍子胥から小説を発たせればよい。》

そのような創造的思考が、小説世界をひらいた、といっている。

小説世界がひらけて、伍子胥という人物と彼にまつわるエピソードのなかから、春秋末期の時代そのものが描かれることになった。進まない時間をもつ小説の豊かさを、読者はそこに身をひたして楽しむことになる。

父伍奢、兄伍尚ははっきりした理由もなく平王に処刑される。伍子胥は、深い怨みを抱いたまま、流浪の生活に入る。その頼りない放浪ともいうべき生の時間が、じつに充実したエピソードの連続になっている。この小説の最も秀れた特徴の一つであろう。

この大長篇のなかから、そうした挿話およびそれに類するものをいくつか拾いだしてみよう。

・子胥が、褒小羊をその母から預った直後の朝の思い（第三巻）。自分は時間の無駄使いをしているのではないか、と深く反省しながら、なお「再三、死地に在ったのに、斃れないで、ここにいる」と思い直す場面。そして、「人生の転機は、明日にもある」と心機を一転する。

子胥は、父と兄を処刑した者に必ず復讐すると体の奥深くで決意しながらも、そこから遠く離れて放浪を続けざるを得ない。それでいいのか、と自分に問いただす。事態はすぐに変わるわけではない。しかし子胥のめげない、柔軟な生き方に惹かれる人が少なからずいて、そういう人びとが子胥の身のまわりに静かに集まってくる。そのあたりがまことに魅力的である。

・弐山という不思議な人物との出会いも、その一つ（第五巻）。薬草を植え、育てる人で、のち嶽半という名で正体とその力を現わす。コンビに四目という薬売りがいて、子胥と交流をもつが、こちらは班止というのが本名で、嶽半と班止は兄弟なのだった。

精密な体系をもつ漢方薬草の世界の一端が小説のなかで姿を現わすのがおもしろいし、それに従事する者が、政治情報の運び屋であるというのもなるほどと納得できる。小説のもつ風俗の奥行はきわめて深い。

・鱄設諸という怪人。呉の公子光に絶大に信頼されている衛士である。大皿のなかに大魚を入れ、堂上にのぼり、呉王僚に供する。そのとき、鱄設諸の手が大魚の腹中に入り、剣を取りだす。剣を手に王僚に飛びかかって倒す。王近侍の兵がこれを見て剣刃を鱄設諸に向け、刺す。王を殺し、怪人もまた息絶えるという場面。この歴史的事件は壮絶だが、いかにも古代の政争である（第四巻）。

これによって公子光は呉王に即位し、闔廬と名乗る。公子光と格別に親しかった伍子胥も呉の宮廷で地位を得、楚王への復讐に一歩近づく。

・鱄設諸の働きで思いだすのは、伍子胥の宝探しと、黄金の楯のエピソードである（四巻から、最後は九巻にわたる）。

伍子胥は、かつて海賊だった永翁と浅からぬつきあいがあり、永翁から皮に画かれた絵図面をもらいうけていた。これは、海賊の隠し持っていた宝の地図であるに違いない。それを求めて子胥一行は堂邑におもむく。

巨大な瀑布のそばに、先端が円柱のような岩があり、その円柱形の岩の上に永翁が何かを隠したに違いない。水が極端に減ったとき十五メートルほどの高さをもつ石柱に足場を組み、力持ちの傀が中心になって、円柱の上から三個の青銅の箱が取り下ろされた。箱は柩の形をしていた。

開けてみると、一つの柩からは三歳にもならぬ女子の骨が出てきた。それに副葬の衣服と金塊。他の二つの箱からは、多量の珠と黄金だけが出た。

子胥は女子の遺骨を手厚く葬るいっぽうで、奇怪な黄金の楯を作ることを指示する。指示されたのは鱄設諸である。

楚の宛にゆき、范氏という賈人を訪ねる。范氏の部下たちに、ここにある図面通りに黄金の楯を作ってもらうよう依頼する。范氏は必ずひきうけるはずだ。

子胥が用意した多量の黄金と図面をもって范氏を訪ねた鱄設諸は、無事依頼に成功する。作るのには一年半以上の時間がいる、といわれるのだが。そして、そのとき、賢こそうな童子に出会った。年は十歳ほどであろう。これが范氏の息子、范蠡で、後の伍子胥の好敵手はここで初めて姿を現わすのである。物語はそんなふうに劇的なものを秘めながら静かに展開する。

さらに「黄金の楯」の挿話を追ってみよう。范氏が図面通りの楯を作りあげた直後、一族が大がかりな盗賊に襲われる。范蠡だけは他所にいて助かるが、父母ともに誅され、黄金の楯は持ち去られる。

伍子胥のものであるはずだった楯は、物語の時間のなかに姿を隠し、最後に至って劇的に出現する。

呉王夫差に直諫した伍子胥は、自死を命じられ、自ら命を絶つ。そして、呉越最後の決戦に、句践の越は難なく呉を大敗させる。夫差の死後、呉の大宰伯嚭が句践の前にひきすえられる。そして伯嚭がいう。われを助けよ、かわりに、この黄金の楯を差しあげよう。楯をささげて、句践に近づく伯嚭を、范蠡が剣を抜いて一瞬で倒す。黄金の楯の裏側には、一見してわからぬように鋭い剣が隠されていて、伯嚭はその剣に手をかけていた。句践を刺すつもりだった。わが家にあった楯だ、と覚った范蠡は、伯嚭の動きを見抜き、斬ったのだった。そして句践に問われて、答える。

「この者はわが父を殺しました。失礼ながら、ここで仇討ちをさせてもらいました……」

海賊の残した宝探しに始まる「黄金の楯」のエピソードは、大長篇の締めくくりに一役かうのである。物語の解きほぐしがたいような筋立ての錯綜のなかで、一本の金色の糸としてまっすぐに張られている。まことにみごとな挿話というしかない。

・これはエピソードではないが、全篇に底流している大切なトーンを忘れてはならない。

水があることだ。流れてもいるし、湖のそれのようにとどまり、時に波立つこともある。しかし呉、越はもとより、楚においても、水は物語の舞台をつくり、また物語を動かす力にもなっている。

伍子胥は格別に水のにおいに敏感だ。たとえばこんな場面（第三巻）。「……水のにおいがする」と従者の御佐（ぎょさ）にいう。まさか――と御佐は笑うが、しばらく歩くとほんとうに水のにおいがして、かなたに渺茫（びょうぼう）たる沢がある。子胥は歩みをとめてうっとりと眺め、「船が欲しくなった」と呟く。水が好きなのである。さらにいえば、後に敵対する越の范蠡も、湖の底の世界に憧れをいだいている男である。

作家は文庫本についた小さなパンフレットに、「水を意識して書いています」と記している。

さて、孫武（そんぶ）（のちに孫子（そんし）とも称ばれる）の存在は小説のなかでもきわめて大きく、実際に呉や越の帰趨（きすう）を決めるような力を発揮した。したがって孫武を挿話のひとつと考えるわけにはいかない。

第一、この兵法（へいほう）の天才は、多くの天才の存在が実は時代と深く関わっているように、春秋末期に出現するのがまさにふさわしいといえる。各国が攻防をくり返し、時にはちょっと休みをとって会同する。会同して国の順位のようなものをそれとなく決め、王たちは自国に戻る。兵力が、世の中の秩序のもとになっているのだ。時代は兵法の天才を求めている。

ただし、その天才を見きわめることができる人物はそう多くはない。伍子胥は、その数少ない人間のひとりだった。放浪を終えて、呉の延陵(えんりょう)にひとまず落ち着いたのち、遠く斉(せい)の介根(かいこん)という小邑に住む孫武を訪ねる。そして孫武の人となりに親しく接して、これこそ近い将来に絶対に必要になる人、と考える。そして公子光が呉王になったとき、呉に来てその兵法の力を発揮してもらいたいと願う。

孫武も確言したわけではないが、子胥の熱意を十分に感じとったようす。これが歴史的な面会になった。そしてこの大長篇の五巻は、ほぼ孫武一色といってもよく、その兵法が何であるか、どう戦うことが必勝となるかを語り尽すのである。

孫武は子胥の熱望通り呉にやってくる。その折、少しばかりの時間を得て、自らの兵法を書き直し、形にする。のちに『孫子』と呼ばれる、最高の兵法書である。これも子胥の依頼あって成った仕事だった。

呉王闔廬はなかなかに人が悪い。孫武の兵法を説明するのに後宮の美女をもってせよ、という。百八十人の女性を二分して九十人ずつの隊をつくって二人の特別な美女を択(えら)んで隊長にする。むろん女たちはきゃあきゃあ騒いで遊びだと思っているだけ。孫武は号令を発し、女兵たちをいうがままに動かそうとする。しかしその命令は無視される。孫武は隊長である二人を鈇鉞(ふえつ)をふるって斬り捨てる。いったん騒然となるが、孫武は女兵の指導をまかされているのだから、誰も手が出せない。九十人の隊のなかから、もう二人隊長を選び、再び号令をかける。もはや遊びどころでなくなった女たちは、必死で隊長の号令に従う女兵と化した。

最初に、この有名な話がくるのだが、その後の孫武の動きは、静かでむしろ瞑想的だ。要点は三つにまとめられるかもしれない。

一、兵の動きを随意にさせない内規をつくって、これを守らせる。

二、一隊の動きは可能な限り速くする。どんな場合でも速すぎる、ということはない。

三、敵状を前もって知り（情報戦）、その陣立てを予測し、先に先にと手を打ってゆく。

これを徹底して行なえば、孫武が理想とする「戦わずして勝つ」ことが現実になっても不思議ではない。

闔廬の信を得て将軍となった孫武の思う存分の働きで、呉は楚に連戦戦勝。呉軍は逃亡を重ねる昭王を取り逃すが、伍子胥は父・兄を処刑した平王の墓をあばき、屍体を三百回鞭打って長く思い描いていた復讐を遂げる。

孫武の兵法を実戦の場でこのように描いた人はいないのではないか。感嘆するしかない。春秋期の戦乱の一つの頂点を示しているような呉楚の戦いであった。

便宜的な区分けなのだろうが、文庫版六巻までが伍子胥篇、七巻からが范蠡篇と銘打ってある。先にもちょっと触れたように十歳の范蠡が姿を見せるのは四巻であったが、越王の句践とその側近としての范蠡が物語の中心に座るのは七巻からである。そして七巻から小説はテンポを変え、より劇的になる。小説がすごみを加えるのだ。

ここでまだ二十歳台の范蠡は、いわくいいがたい魅力を発揮するのである。大商人の息子らしい柔らかな人柄のなかに、自らを律する合理を秘めている。しかしその理屈が人を裁くように表に出ることはない。結果として（というのも奇妙ないい方だが）柔と剛が複雑に絡みあって、人柄に深い陰翳を与えている。

そういう人柄が同僚である大夫種の剛直とあざやかに対比されて、越の力が形作られてゆく。その上に、句践といういかにも新興国らしい力強さをもった王がいるのだから、この国の成り立ちはこの時代の成り立ちを語るようなおもしろさがある。

そして呉越の戦いは、実に激しく展開する。

呉軍が南の越に兵を向けた檇李の戦いで敗れる。呉軍にはすでに孫武がいないことが大きい。逆に越の范蠡や胥犴が『孫子兵法』を読んで学び、句践の策略の裏づけをする。この戦いで呉王の闔廬が重傷を負い、死去する。呉は夫差の時代となり、伍子胥は国中で特別に崇められながら、権力の中心から外されていく。

しかし次の夫椒の戦いでは、越軍の新しい準備を伍子胥が探知し、対処できたことによって、越は大敗を喫した。句践は会稽山に逃げ込むがすでに国を守る力はない。大夫種が死を賭した献策を行ない、呉と講和を結んで句践は呉都に幽閉される。いわゆる伝説の嘗胆の時代である。

やがて句践は釈放され、再度呉に挑む準備に精力を傾注する。その間、呉では伍子胥が夫差に諫言し、気の短いこの王は、伍子胥を自殺させる。「わが目を東門に懸けよ」といって死ぬ子胥は、やはり志に殉ずるように生きた人間だった。最終巻で語られるこの死は、異様な迫力にみちて忘れることができない。

夫差の呉は、内部から腐りかけてすでに自ら立つ力を失なっている。句践が仕向ける最後の決戦は、夫差の自殺で幕を閉じる。

さて、この戦いが終ってからの范蠡の身の処し方に私は感動している。それを話しておきたい。

范蠡は呉に大勝したにもかかわらず、一族とともに船で越を離れ、斉に渡った。海に近い小邑で商売を始め、巨大な商人になり替る。斉で著名になると、西行して陶に至り、そこでも大賈として生きる。

済水に近い小丘に別宅を建てて主としてそこに住んだ。「范蠡は、ふと、ここが湖の底であるような気がしてきた」と書かれている。本物の自由人として生きる人間の姿がここにある。必ずしも政治を生きがいとしないところに、伍子胥とは決定的な違いがある。権力から遠くに身を置くことを自ら意志しているのだ。

水も草木も、吹く風もすべてが翠のこの別宅に、あの西施が訪ねてきて、少し逗留させてください、という。

私はここで、

象潟や雨に西施がねぶの花　芭蕉

という『おくのほそ道』にある句を思いだした。范蠡は朱色を好んで「陶朱公」と呼ばれるようになったとあるから、幼時に親が結婚の相手に選んだ西施を、はかないようなねむの花の朱色で飾るのを喜ぶのではないか、と勝手に思ったりしているのである。

（文芸評論家）

本書は二〇一八年九月に小社より刊行されました。
初出 「小説現代」二〇一七年九月号～二〇一八年八月号

|著者|宮城谷昌光　1945年愛知県蒲郡市生まれ。『天空の舟』で新田次郎文学賞を、『夏姫春秋』で直木賞を、『重耳』で芸術選奨・文部大臣賞を、『子産』で吉川英治文学賞を受賞。中国古代に材をとった歴史ロマンの第一人者。『孟嘗君』『管仲』『楽毅』『晏子』『王家の風日』『奇貨居くべし』『太公望』などの小説、エッセイの『クラシック　私だけの名曲1001曲』ほか著書多数。近著に『呉漢』『三国志』『劉邦』『窓辺の風　宮城谷昌光　文学と半生』などがある。2006年に紫綬褒章、'16年に旭日小綬章を受章した。

呉越春秋（ごえつしゅんじゅう）　湖底（こてい）の城（しろ）　九

宮城谷昌光（みやぎたにまさみつ）

2020年9月15日第1刷発行

定価はカバーに
表示してあります

発行者――渡瀬昌彦
発行所――株式会社　講談社
東京都文京区音羽2-12-21　〒112-8001
電話　出版（03）5395-3510
　　　販売（03）5395-5817
　　　業務（03）5395-3615

デザイン―菊地信義
製版――大日本印刷株式会社
印刷――株式会社KPSプロダクツ
製本――株式会社国宝社

Printed in Japan

ISBN978-4-06-520414-6

講談社文庫刊行の辞

二十一世紀の到来を目睫に望みながら、われわれはいま、人類史上かつて例を見ない巨大な転換期をむかえようとしている。

世界も、日本も、激動の予兆に対する期待とおののきを内に蔵して、未知の時代に歩み入ろうとしている。このときにあたり、創業の人野間清治の「ナショナル・エデュケイター」への志を現代に甦らせようと意図して、われわれはここに古今の文芸作品はいうまでもなく、ひろく人文・社会・自然の諸科学から東西の名著を網羅する、新しい綜合文庫の発刊を決意した。

激動の転換期はまた断絶の時代である。われわれは戦後二十五年間の出版文化のありかたへの深い反省をこめて、この断絶の時代にあえて人間的な持続を求めようとする。いたずらに浮薄な商業主義のあだ花を追い求めることなく、長期にわたって良書に生命をあたえようとつとめるところにしか、今後の出版文化の真の繁栄はあり得ないと信じるからである。

同時にわれわれはこの綜合文庫の刊行を通じて、人文・社会・自然の諸科学が、結局人間の学にほかならないことを立証しようと願っている。かつて知識とは、「汝自身を知る」ことにつきていた。現代社会の瑣末な情報の氾濫のなかから、力強い知識の源泉を掘り起し、技術文明のただなかに、生きた人間の姿を復活させること。それこそわれわれの切なる希求である。

われわれは権威に盲従せず、俗流に媚びることなく、渾然一体となって日本の「草の根」をかたちづくる若く新しい世代の人々に、心をこめてこの新しい綜合文庫をおくり届けたい。それは知識の泉であるとともに感受性のふるさとであり、もっとも有機的に組織され、社会に開かれた万人のための大学をめざしている。大方の支援と協力を衷心より切望してやまない。

一九七一年七月

野間省一

講談社文庫 最新刊

有栖川有栖
インド倶楽部の謎
前世の記憶、予言された死。神秘が論理へ鮮やかに翻る！〈国名シリーズ〉最新作。

塩田武士
氷の仮面
「女の子になりたい」。その苦悩を繊細に、圧倒的共感度で描き出す。感動の青春小説。

重松　清
ルビィ
「生きてるって、すごいんだよ」。重松清、幻の感動大作ついに刊行！〈文庫オリジナル〉

横関　大
ルパンの星
愛すべき泥棒一家が帰ってきた！和馬と華の愛娘、杏も大活躍する、シリーズ最新作。

京極夏彦
文庫版 今昔百鬼拾遺―月
鬼の因縁か、河童の仕業か、天狗攫いか。「稀譚月報」記者・中禅寺敦子が事件に挑む。

宮城谷昌光
湖底の城 九
〈呉越春秋〉
呉越がついに決戦の時を迎える。伍子胥と范蠡の運命は。中国歴史ロマンの傑作、完結！

江原啓之
トラウマ
あなたが生まれてきた理由
トラウマは「自分を磨けるモト」。幸せになるヒントも生まれてきた理由も、そこにある。

小竹正人
空に住む
EXILEなどを手がける作詞家が描く、タワーマンションで猫と暮らす直実の喪失と再生。

高田崇史
QED
〈～ortus～ 白山の頻闇〉
大人気QEDシリーズ。古代「白」は神の色だった。白山信仰が猟奇殺人事件を解く鍵か？